Mechthild Goetze

Baum-Märchen für wundersame Wege

W0390716

Hartmut Hillebrand Verlag

Lektorat: Hartmut Hillebrand
Bilder: Schüler & Schülerinnen des Hölderlin-Gymnasiums Heidelberg,
Klassen 5 und 6 (Schuljahr 2013/14)
Foto S. 114/115 von Adnan Al-Kharguli
Fotos & Layout: Mechthild Goetze & Manfred Urban
Druck: ColorDruck Solutions GmbH, Leimen
ISBN 978-3-94251-03-9
Printed in Germany
www.hartmut-hillebrand-verlag.de

klimaneutral
natureOffice.com | DE-134-007431
gedruckt

Baum-Märchen für wundersame Wege

Für meine Großmutter

Agnes Goetze

Die Bilder malten Kinder
des Hölderlin-Gymnasiums Heidelberg
nach einem spannenden Waldausflug
mit alten Märchen

Grußwort Deutsche Baumkönigin 2015

Gerne erinnere ich mich daran, wie ich mit meiner Großmutter durch den Wald streifte und mich dabei, beflügelt vom schier unerschöpflichen Repertoire an Märchen, die sie kannte, in zauberhafte Welten verlor. Wenn wir nach den ausgiebigen Waldspaziergängen zurück in unserer Hütte angekommen waren (die Taschen voll mit Pfifferlingen und den Bauch mit Brombeeren), wurde stets eines der vielen Märchenbücher aufgeschlagen, die sich in den Regalen neben Bestimmungsbüchern, Bildbänden und vergessenen Romanen drängten.

Aus ihm wurde dann vorgelesen, und ich malte stundenlang; dabei wurden wir begleitet vom Rauschen sich wiegender Fichten und dem Singen der Rotkehlchen. Es war herrlich!

Märchen und der Wald gehören für mich untrennbar zusammen!

Ein Baum kann die Phantasie so herrlich beflügeln: Wer hat sich schon dagegen gelehnt und schweren Gedanken nachgehangen? Welche geheimnisvollen Worte hat er wispern gehört? Welche Hände haben sich unter seiner Krone gefunden und welch wichtiger Mensch ist an ihm vorbei geschritten? Und wieviele „bedeutende historische Ereignisse“ haben sich zugetragen, als dieser stille Zeuge reglos und unbeeindruckt hier gestanden hat?

Vor Bäumen kann man still und ehrfürchtig werden, nicht umsonst faszinieren sie uns seit Menschengedenken, sind Schauplatz und Kulisse für Geschichten, Märchen und Erzählungen.

Wunderbar, dass Menschen diese erzählen, dabei erschaudern oder sich aus dem Hier und Jetzt hinwegträumen. Ob wir eine Geschichte über einen Baum erzählen oder ganz still werden und seiner eigenen lauschen ... es ist der Stoff aus dem Märchen gemacht sind.

Claudia Schulze
Deutsche Baumkönigin 2015
Berlin im Juli 2015

www.baum-des-jahres.de

Inhalt

Der Wunderbaum wuschelt
und raschelt und rappt.
Tanzt, ihr Blätter und Zweige,
tanzt im stürmischen Wind!

Stachlige Dinger fallen herab,
liegen am Boden
die Stachelschale platzt.
Geschwind, danach gegriffen,
halt sie fest!

Ein kleines Wunder,
fast rund, braun und matt beglänzet,
liegt in deiner Hand.
Du willst es nie mehr
fallen lassen.

Die verdrehte

Kastanie

– was sie erzählen kann …

Der Wunderbaum auf der Wiese

Es war vor langer Zeit, da zog ein junger Schäfer mit seinen Schafen durch Felder und Wälder. Wo immer das Gras saftig wuchs, ließ er seine Schafe weiden. Da geschah es bei einer Wiese, dass ihn urplötzlich das Verlangen überfiel, einen Baum, der dort in dem Grase stand, zu erklimmen. Er warf seine Schuhe von sich und begann zu klettern. Leichtfüßig stieg er von Ast zu Ast, er stieg in einem fort.

Am neunten Tag erblickte er vor sich ein fremdes Land. Da standen Paläste aus lauter Kupfer, und hinter den Palästen war ein Wald aus kupfernen Bäumen. Doch niemand war zu sehen, nichts regte und nichts rührte sich. Zögernd setzte der Bursche seinen Fuß in diese wundersame Welt und näherte sich dem kupfernen Wald. An dessen Rande, unter dem höchsten Baum, sprudelte eine Quelle mit Getöse. Das war das einzige Geräusch.

Der Schäferbursche tauchte seine Füße in das plätschernde Nass, er wollte sie kühlen. Als er sie wieder herauszog, da waren sie mit blankem Kupfer überzogen. Übermut überkam ihn. Flink brach er noch einen kleinen Kupfer-Zweig von dem Baum, dann sprang er zurück zu seinem Wunderbaum. Er schaute an dessen Stamm empor und konnte kein Ende sehen. „Da oben muss es noch schöner sein als hier“, dachte er,

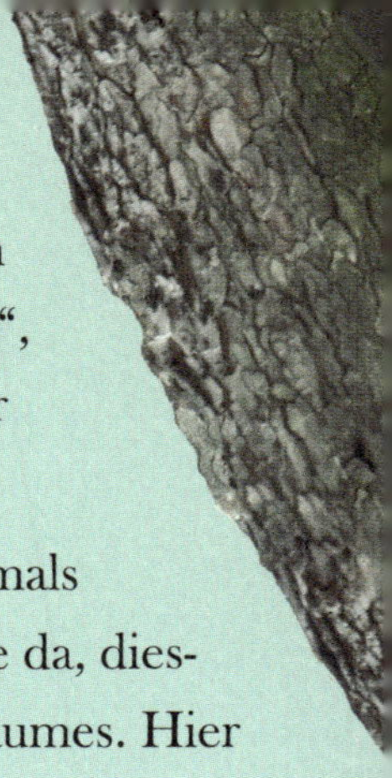

„ich will noch weiter steigen."

So stieg der Bursche weiter hinan. Er stieg und stieg in einem fort und kam nach abermals neun Tagen wiederum in ein fremdes Land. Es standen hier Paläste von lauter Silber, und hinter ihnen war ein Wald mit silbernen Bäumen. Doch lag all das da wie tot, niemand war zu sehen, nichts regte und nichts rührte sich. Der Schäferbursche schritt bedächtig hin zu dem Silber-Wald. Dort sprudelte unter dem höchsten Baume eine Quelle immerfort in einem einzigen Getöse. Mit Bedacht tauchte er seine Hände in das rauschende Nass, um sie zu kühlen. Wie er sie wieder herauszog, da waren sie von blinkendem Silber umhüllt. Übermütig brach er sich darauf einen silbrigen Zweig von einem der Bäume, dann huschte er zurück zu seinem Wunderbaum. Sein Blick wanderte am Stamm empor. Der Baum reichte noch immer hinauf bis in die Wolken, er konnte sein Ende nicht sehen. „Da oben muss es noch schöner sein als hier!", dachte er sich. „Ich will noch weiter steigen".

So stieg der Schäferbursche abermals neun Tage lang aufwärts. Und siehe da, diesmal erreichte er den Wipfel des Baumes. Hier zeigte sich ihm ein Land mit goldenen Palästen. Hinter ihnen glitzerte ein Wald mit goldenen Bäumen. In dem ganzen Land aber war niemand zu sehen, nichts regte und nichts rührte sich. Einzig eine Quelle am Rande des Gold-Waldes,

*Jeder Baum spendet Kraft und Energie.
Ich schlendere durch die Stadt
und sehe mächtige Kastanienbäume ...*

*Von den Bäumen geht eine angenehme
Ruhe, ja Geborgenheit aus.*

unter dem höchsten Baume, lärmte mit Getöse.

Ihr näherte sich der Bursche mit Bedacht. Und er senkte seinen Kopf in ihr sprudelndes Nass, er wollte sich erfrischen. Beim Herausziehen glitzerten seine Haare golden im Sonnenlicht. Flink brach er sich noch ein goldglitzerndes Zweiglein von einem der Bäume, dann schritt er zurück zu seinem Wunderbaum.

Sich an dessen Stamm lehnend beschaute er nachdenklich das Land. Sonnenstrahlen tanzten in der glitzernden Pracht, ein Schauspiel, wie er es noch niemals gesehen hatte. Endlich aber riss er sich los und begann den Abstieg. Er stieg hinab in einem fort, zählte weder Stunden noch Tage, bis er mit einem Mal wieder den Erdboden unter seinen Füßen spürte.

Dreimal neun Tage und länger war er fort gewesen. Von seinen Schafen hatte keines auf der Wiese bei dem Baum auf ihn gewartet. So machte er sich auf den Weg, sich eine neue Arbeit zu suchen.

Unverdrossen marschierte er voran, die Sonne im Rücken entfernte er sich Schritt für Schritt von seinem Wunderbaum.

Bald erblickte er in der Ferne eine fremde große Stadt. Wollte er nicht verhungern, so musste er sich dort einen Dienst suchen. Zuvor indes versteckte er seine drei Zweiglein sorgfältig in seinem Mantel, verbarg zudem seine goldenen Haare unter seinem Hut und zog seine Hemdärmel bis weit über seine silbrigen Hände.

In der Stadt suchte der Koch des Königs einen Küchenjungen. Das dünkte dem Burschen angenehm als Broterwerb. Er ließ sich anstellen um einen guten Lohn. Dabei machte er zur Bedingung, niemals Hut, Hemd und Stiefel ablegen zu müssen. Als Grund nannte er einen bösen Grind, für den er sich schäme. Der Koch hatte keine Wahl, er brauchte die Hilfe. Da sein Küchenjunge aber sehr fleißig war, schloss er ihn alsbald in sein Herz.

Es geschah, dass in diese Stadt Ritter und Grafen geritten kamen. Sie wollten die Tochter des Königs, die hoch droben auf einem schillernden Glasberg saß, für sich gewinnen. Als der Küchenjunge das vernahm, da überfiel ihn heiß das Verlangen, dieses Spektakel mitzuerleben. Der Koch wollte ihm das auch gern erlauben, bat ihn aber, sich versteckt zu halten.

Bei dem Glasberg standen die Ritter zu Hauf, mit voller Rüstung und Eisenschuhen. Einer nach dem anderen nahm Anlauf, wollte den Berg mit Schwung erklimmen. Doch alle rutschten aus und stürzten herab. Manche blieben gar tot liegen.

Beim heimlichen Zuschauen überfiel den Küchenjungen unwiderstehlich der Drang, das Klettern selbst einmal zu wagen. Er legte in seinem Versteck Hut und Mantel ab, krempelte seine Hemdärmel hoch, zog auch seine Stiefel aus. Schnell griff er sich seinen kupfernen Zweig, war schon durch die Menge geschlüpft und stand am Berg.

Unwillkürlich wichen die Ritter und Grafen vor ihm zurück. Da sprang der Küchenjunge auf den Berg zu und begann den Aufstieg. Er rutschte nicht, das Glas gab unter seinen Füßen nach wie Wachs. In Windeseile war er oben, kniete vor der Tochter des Königs nieder und überreichte ihr freundlich sein kupfernes Zweiglein.

Darauf drehte er sich jedoch sogleich wieder um und sprang den Berg hinab. Ehe sich's die Menge versah, da war er schon wieder verschwunden.

Als wäre nichts geschehen, stand der Küchenjunge wieder in der Küche. Da stürmte der Koch herein. Er erzählte aufgeregt von einem Jüngling mit kupfernen Füßen, silbernen Händen und goldenen Haaren. Der habe den Glasberg erstiegen und der Königstochter ein kupfernes Zweiglein gereicht. „Hast du das ebenso gesehen wie ich?", fragte er den Küchenjungen.

Der darauf aber erwiderte: „Nein, gesehen hab ich dieses nicht, denn das war ja ich selbst!" Darüber überkam den Koch das große Lachen, und er erwiderte glucksend: „Wäre das wahr, dann wäre ich ein edler Herr!"

Am anderen Tag wollten aufs Neue mehrere Ritter und Grafen den Glasberg bezwingen. Der Küchenjunge bat den Koch abermals, er möge ihm das Zuschauen erlauben. Er versprach auch wieder, sich versteckt zu halten.

Die ersten Ritter wagten den Aufstieg. Allein, sie stürzten alle und mehrere blieben tot liegen. Der Küchenjunge zögerte nicht länger. Er warf seine Kleider ab, griff diesmal nach dem silbernen Zweig und stand vor dem Berg, ehe jemand es gewahr wurde, woher er gekommen.

Alles wich vor ihm zurück. Flink erklomm er den Glasberg, ohne einmal ins Straucheln zu geraten und überreichte oben der Königstochter freundlich sein silbernes Zweiglein. Sogleich aber drehte er sich hurtig um, sprang den Berg hinab und war im nächsten Augenblick wieder verschwunden.

Längst stand der Küchenjunge wieder in der Küche, als auch der Koch zurückkam. Der erzählte wiederum von einem Jüngling mit Kupfer, Silber und Gold an Füßen, Händen und Haaren, der auf dem Berge der Königstochter diesmal ein silbernes Zweiglein gereicht habe. Er fragte auch wieder seinen Küchenjungen, ob der all das gesehen habe so wie er selbst, der darauf jedoch wiederum nur erwiderte: „Nein, gesehen hab ich das nicht, das war doch ich selbst!"

Wieder überkam den Koch ein herzhaftes Lachen, und er rief kichernd: „Wenn das wahr ist, dann wäre ich ein edler Herr!"

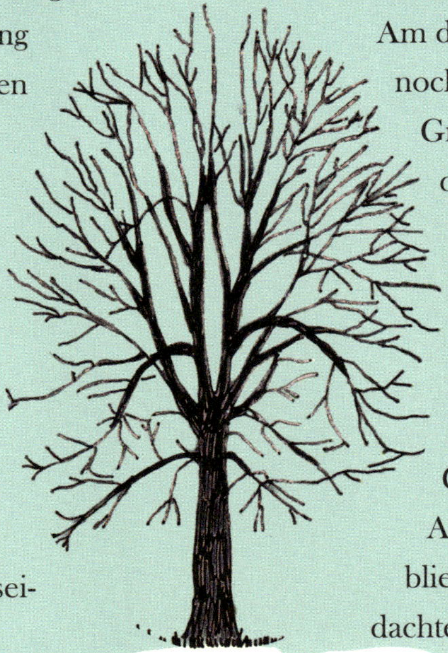

Am dritten Tag wollten tatsächlich noch einmal einige Ritter und Grafen den Aufstieg wagen. Wiederum bat der Küchenjunge den Koch, dem Spektakel zusehen zu dürfen und der Koch schlug ihm den Wunsch nicht ab. Von seinem Versteck aus sah der Küchenjunge, wie die Ritter und Grafen den Aufstieg versuchten. Alle stürzten herab, mehrere blieben auch diesmal tot liegen. Da dachte der Küchenjunge mit pochendem Herzen: „Noch einmal will ich es wagen", warf hurtig die Kleider ab, griff diesmal das goldene Zweiglein und war flugs durch die Menge geeilt, hin zu dem Berg.

Wie an beiden Tagen zuvor schritt er auch diesmal den gläsernen Berg sicher hinan. Oben reichte er sein Goldzweiglein der Königstochter. Sie wollte nach seiner Hand greifen. Allein – geschwind drehte der Jüngling sich um. Er sprang hurtig den Berg hinunter und war wiederum verschwunden, ehe sich's die Menge versah.

Längst war der Küchenjunge zurück an seinem Platz in der Küche, da eilte der Koch herein und erzählte wiederum von dem Jüngling mit den Kupfer-Füßen, den Silber-Händen und den Gold-Haaren, wie der zum dritten Male den Glasberg erstiegen sei und diesmal der Königstochter ein goldenes Zweiglein gereicht habe. „Hast du das ebenso gesehen wie ich?", fragte er den Jungen, der darauf aber abermals unbeirrt erwiderte: „Nein, gesehen hab ich das nicht, das war doch ich selbst!"
Wieder lachte der Koch herzlich und rief: „Wäre das wahr, wäre ich ein edler Herr!"

Indessen saßen König und Königstochter beisammen und berieten sich. Als Ergebnis ließ der König am anderen Tage in aller Frühe sämtliche jungen Burschen aus seinem Reiche zusammenrufen. Barfuß und bloßhäuptig sollten sie vor seinem Schloss erscheinen. In einem langen Reigen zogen sie an König und Königstochter vorüber. Diese konnten aber den Rechten unter ihnen nicht finden. „Ist denn außerdem kein Jüngling mehr in meinem Reich?", rief am Ende der König ohne Hoffnung in die Menge.

Zur Überraschung aller eilte da der Koch herbei und meldete: „Herr, ich habe einen Küchenjungen. Der aber kann nicht der Rechte sein, denn er hat einen bösen Grind."

Der König aber wollte sich selbst überzeugen und der Küchenjunge ward geholt. „Bist du es, der dreimal den Glasberg hinanstieg?", fragte der König ihn.
„Ja, das bin ich!", erwiderte der Junge zu des Königs Überraschung.
Da sollte er sich entblößen, um es zu beweisen. Und flugs stand er da in seiner glitzernden Schönheit. „Ohhh", rief die Menge und staunte. Die Königstochter aber, über alle Maßen froh, begann sonnenhell zu strahlen.

Zwei Wochen später wurde Hochzeit gefeiert, und noch kein Jahr war ins Land gezogen, da übergab der König dem jungen Paar sein Reich. Am selben Tag noch erschien der frisch gebackene König in der Küche und sprach zu dem Koch: „Nun sollst auch du ein edler Herr sein, so wie du es dir erhofftest, als ich dein Küchenjunge war. Du bekommst dein eigenes Schloss und kannst darin schalten und walten und kochen, wie es dir gefällt.

Die junge Königin indes fragte ihren Gemahl täglich nach der Herkunft der drei Zweiglein. An ihrem ersten Hochzeitstag wollte ihr Gemahl ihr daher den Wunderbaum zeigen. Allein, der Baum stand nicht mehr auf der Wiese seiner Erinnerung. Und so sehr der junge König auch in den nächsten Tagen und Wochen nach ihm suchen ließ, der Baum blieb verschwunden, ließ nirgendwo sich entdecken.

Im
Keltischen
Baumhoroskop
heißt es für „Kastanien-Geborene“
(15.5.-24.5. & 12.11.-21.11.),
sie hätten einen verträglichen Charakter.
Auch seien sie nur wenig anfällig für Krankheiten.
Sie hätten es aber schwer,
die Realität mit ihrer Sensibilität
in Einklang zu bringen.

Magische Erzählorte

Märchen-Kastanien hierzulande

Rosskastanien zeigen sich in Parks, auf Friedhöfen, an Straßen. Im Herbst sammeln Kinder die Früchte. Diese glänzenden „Kugeln“ verzaubern alle. So hat dieser Baum tatsächlich etwas von einem Wunderbaum.

Ein „echter Wunderbaum“ aber besteht ewig, und nicht jeder kann ihn erkennen. Entdeckst du einmal einen Baum, der wie in dem Märchen auf einer großen Wiese steht, so spute dich, steige flink hinauf.

Das Märchen aber entfaltet seinen Zauber bei (fast) jedem hohen Baum auf einer Wiese und sowieso bei jedem mächtigen Kastanienbaum.

Unter allen Kastanien die berühmteste stand einst in *Amsterdam (Prinsengracht 263-267 / Niederlande)*. Diesen Baum konnte das jüdische Mädchen Anne Frank sehen, als sie mitsamt ihrer Familie sich dort in der Zeit des 2. Weltkriegs (1939-45) versteckt hielt vor den Nationalsozialisten. Doch fiel dieser Baum anno 2010 bei einem schweren Unwetter um.

02953 Bad-Muskau / Sachsen

Im Muskauer-Park
setzen Kastanien zu alten Eichen Akzente
UNESCO-Weltkulturerbe
www.muskauer-park.de

33602 Bielefeld Nordrhein-Westfalen

Im Kunsthallenpark Bielefeld
steht eine Kastanie vor dem Ratsgymnasium, sie ist mehr als 200 Jahre alt

40589 Düsseldorf, Kölner Weg Nordrhein-Westfalen

Himmelgeister Kastanie:
Sie steht vom Alter geplagt im Rheinbogen, ihr mächtiger Stamm teilt sich in starke Seitenarme; mit eigener Postadresse wegen der vielen Fans

58239 Schwerte, Hagener Str. 241 Nordrhein-Westfalen

Haus Ruhr, Schwerte:
Die Kastanie am alten Wasserschloss ist 240-300 Jahre alt, zählt zu den 500 ältesten Bäumen in Deutschland

53539 Borler, Hauptstr. 3 Rheinland-Pfalz

Vor der Kirche in Borler:
Die Kastanie ist gut 250 Jahre alt und 15 Meter hoch gewachsen (Stammumfang gut 2,8 m)

70376 Stuttgart / Baden-Württemberg

Rosensteinpark Bad Cannstadt:
Oberhofgärtner Johann Wilhelm Bosch (1782-1861) pflanzte Kastanien in „Clumps“ (kleinen Baumgruppen); im Park stehen zwei Kastanien-Clumps, ihnen vorgelagert eine einzelne Rosskastanie, weitere Kastanien stehen am Rand einer Gehölzgruppe. Meisterhaft sind dieses „Überspringen“ in die nächste Gruppe und das „Auslaufen“ in den Park

1204 Genève, Rue de la Croix-Rouge / Schweiz

Genfs „Offizielle Kastanie“:
Zeigt diese 80-jährige Kastanie in der Kastanienallee (Promenade de la Treille) erste Blattspitzen, dann beginnt in Genf der Frühling! Diese „Offizielle Kastanie“ (3. Generation) muss im Jahre 2015 gestützt werden, ihr Stamm neigt sich stark.
Seit 1808 gilt in Genf diese Kastanie als Frühlingsbote: frühester Blatt-Austrieb war am 3. Januar 1991, spätester am 23. April 1816

40629 Düsseldorf, Rotthäuserweg 104 Nordrhein-Westfalen

In Gerresheim,
dem Trotzhof gegenüber, stehen Ross- und Esskastanie, beide wurden 1848 als etwa fünfjährige Bäumchen gepflanzt

Aesculus - die Rosskastanie

13 Arten der Rosskastanie gibt es. Hierzulande wächst zumeist die *Weiße Rosskastanie.* Es gibt auch die *Rote Rosskastanie* mit roten Blüten.

Kastanien wachsen schnell, werden 25-30 Meter hoch, können 300 Jahre alt werden. Der *Stamm* wächst immer nach rechts gedreht. Jedes *Blatt* zeigt einen langen Stiel mit fünf oder sieben Fiederblättern, eines bis zu 25 cm lang!

Mitten im Winter schon zeigt der Baum *klebrige Knospen*, als erwarte er täglich den Frühling. Im Mai blüht er gleich einer imposanten Kerzenpyramide. Die weißen Blütenblätter zeigen Flecken. Hat ein Maler sie betupft? Nein, die Flecken zeigen Hummeln und Bienen, ob es für sie noch Nektar gibt (gelb) oder nur noch Blütenstaub (rot). Beim Farbwechsel ändert sich der Duft.

Nach der Blüte zeigt der Baum unzählige grüne stachlige Kugeln. Diese gewinnen an Größe, bis sie im Herbst zu Boden fallen und die Früchte – *Kastanien*, eierig rund, dunkelbraun glänzend, mit einem weißen Fleck, dem „Nabel“ – freigeben. Sollen aus Kastanien neue Bäume wachsen, werden sie in Baumschulen im Herbst oder dann im Frühjahr gesät; der Nabel zeigt dabei in Richtung Erde.

Die *Edelkastanie* (Castanea sativa), deren Früchte (Maronen) sogar zu essen sind, ist mit der Rosskastanie nicht verwandt.

In alter Zeit …

Botaniker *Carolus Clusius (1526-1609)* sammelte im Auftrag von *Kaiser Maximilian II. (1527-76)* Pflanzen für einen medizinischen Garten in Wien. Er brachte 1576 aus Konstantinopel, dem heutigen Istanbul, auch Rosskastanien mit.

Stärkehaltig sind die *Kastanien*, die Früchte. Sie waren einst Kaffee-Ersatz (ebenso wie die Eicheln). Tapezierer stellten aus ihnen auch Leim her. Klebten sie mit diesem die Tapeten an die Wände, so rühmten sie ihn als insektenabwehrend! Man mahlte Kastanien auch und nahm sie dann als ein Waschmittel für rissige und raue Hände nach schwerer Arbeit.

Der französische *Sonnenkönig Ludwig XIV. (1638-1715)* ließ prachtvolle Alleen aus Rosskastanien in seinen Schlossgärten anlegen. Andere Mächtige ahmten das nach, so ließ *Fürstbischof Lothar Franz von Schönborn (1655-1729)* die Mittelallee seines Schlosses Seehof bei Bamberg mit *„hundert und mehr"* Kastanien bepflanzen.

Kranken Pferden mischten *Rossknechte* alter Zeit als Heilmittel gehackte Kastanien unter das Futter. Rosskastanien haben also etwas mit Rössern zu tun!

Kastanien - Praktisch

Gesundheit:

Bei Rheuma soll es helfen, Kastanien auf sich zu tragen.

Holz: Der Stamm dreht sich beim Wachsen, daher gibt es niemals große brauchbare Holz-Teile.
Auch ist das Holz sehr anfällig für den Befall durch Pilze oder andere Schädlinge.

Arzneipflanze des Jahres 2008 war die Rosskastanie. Kastanien-Extrakte sollen bei venösen Stauungen (Krampfadern, Hämorrhoiden) und bei starken Regelschmerzen helfen.

Das Holz, hellgelb bis weißlich, ist leicht und weich; kaum sichtbar sind die Jahresringe. Es lässt sich gut sägen, drechseln und hobeln.

Aus dem Holz entstehen Küchengeräte, Holzschuhe, Kisten. Man gibt es bei der Span- und Faserplattenherstellung hinzu, verwendet es mitunter zum Schnitzen, auch für Furniere.

Kastanienbäume

vertragen harte Böden, aber keinen Asphalt.
Parken im Herbst Autos unter ihnen, prallen aufs Autodach die herabfallenden Kastanien.

Die Bäume

sind wirtschaftlich wenig wichtig. Man freut sich einfach an ihnen in Parkanlagen, bewundert sie an Alleen, genießt sie als Schattenspender in Biergärten.

Die Früchte sind für die Menschen ungenießbar. Tiere aber vertragen sie gut, man verfüttert sie gern an das Wild.

Bertha Birnbaum,.
sprich zu mir –
wie heißt denn nur
dein Lieblingstier?
So rede doch,
verrat es mir –
heißt's Laus, Ameise
oder Brillenbär?

Der krumme Birnbaum

– was er erzählen kann ...

Der Birnbaum, der niemals auch nur eine einzige Birne hatte tragen wollen

Es war einmal ein Mann, der vorzüglich zu schnitzen verstand. Unter seinen geschickten Händen entstanden verwunschene Fabelwesen, putzmuntere Tiere und Zauberstäbe mit echter Magie. Reich hatte ihn seine Schnitzkunst nicht gemacht. Er lebte mit Frau und drei Söhnen bescheiden in einem kleinen Häuschen. „Mir ist kein Glück beschieden“, dachte dieser Mann so manches Mal. Er ließ sich davon aber nicht verdrießen.

Rund um das Häuschen gab es einen wilden Garten mit Blumen und Johannisbeeren, rote Vogelbeeren lockten im Herbst die Vögel in Scharen herbei. Inmitten dieser Pracht stand ein alter Birnbaum, knorrig und krumm. Dieser Baum hatte, so weit der Schnitzkünstler sich erinnern konnte, noch niemals auch nur eine einzige Birne getragen.

An diesem Baum ging der Schnitzmeister Tag für Tag vorüber zu einer kleinen Hütte, in der er sich seine Werkstatt eingerichtet hatte. Saß er in der Hütte an seiner Werkbank, so blickte er durch das Fenster auf den Baum und dachte dabei so manches Mal: „Dieser alte Birnbaum, er raubt mir nur das Tageslicht. Bei Gelegenheit will ich ihn doch einmal umhauen.“

Da geschah es, dass eines Nachts ein tollwütiger Orkan über das Land fegte. Unheilvoll brauste

dieser starke Wind über die Wiesen und Wälder. Dabei wirbelte er alles gründlich durcheinander. Er schleuderte einen Wohnwagen fünfzig Meter weit bis in ein Hafenbecken, und bei einem Korbhersteller jagte er hundert und mehr Körbe kilometerweit durch die Straßen und verteilte sie in der ganzen Stadt. Er klapperte an alle Fensterläden und Türen, sein Klapperkonzert hinderte die Menschen am Schlafen. Erst im ersten Morgengrauen legte sich dieser Sturmwind zur Ruhe.

Müde mussten an diesem Tag die Menschen ihr Tagwerk beginnen. Auch der Schnitzmeister schritt am Morgen nach dieser Nacht unausgeschlafen durch seinen Garten. Er wollte zu seiner Werkstatt, doch versperrte ihm ein mächtiger Ast den Weg. „Ei, den hat wohl dieser wilde Nachtsturm vom Baume gerissen“, sprach er zu sich selbst.

Kurz entschlossen packte er den Ast und zog ihn hinter sich her in seine Werkstatt. Darin bedeckte nun ein grünes Birnbaum-Zweiggewirr den Boden. Der Schnitzmeister sägte ein Stück von dem mächtigen Ast, setzte sein kleines Schnitzmesser an und begann zu schnitzen.

Mit einem Mal hielt er eine hölzerne Birne in seiner Hand. Er drehte und wendete sie, fand aber nichts an ihr auszusetzen. „Feine Birnbaum-

Dame," sprach er sie an, „wie elegant du ausschaust. Fein herrichten will ich dich, wie es sich ziemt für eine Schönheit wie dich." Und wie er so am Schmirgeln und Glätten war, durchzuckte ihn ein spitzbübischer Gedanke: „Da kann ich von diesem alten Baum nun doch einmal eine Birne ernten. Und sei diese auch so hart, dass jeder sich die Zähne daran ausbeißen würde!"

In der Werkstatt lag weiterhin reichlich von dem Birnbaumgezweig, und der Schnitzmeister schnitzte weitere Holzbirnen, große und kleine. Am Abend war der dicke Ast zur Gänze verarbeitet. Einige der putzigen Holzbirnen nahm er mit heim für seine Buben.

Die Buben spielten vergnügt mit ihren Birnen. Auch des Holzschnitzers Frau steckte sich eine Birne in ihre Tasche, das hölzerne Dingelchen fühlte sich gar so fein an. Mit der Birne in der Tasche erfuhr sie am folgenden Tag viel Freundlichkeit. Das machte sie froh, und aus ihrer frohen Laune heraus nähte sie aus Stoffresten kleine Beutel für die Birnen.

In der Woche darauf erhielt der Schnitzmeister einen großen Auftrag. Eine Fabrik in der Stadt orderte bei ihm eintausend Wanderstöcke aus feinstem Buchenholz. Eine gute Woche war er damit beschäftigt, die Wander-

stöcke zu drechseln. Als er sie dann zusammenpackte, legte er in das Paket spontan einige Stoffbeutel mit seinen Birnen. In einem Anschreiben, welches er dazu legte, erzählte er die Geschichte von dem alten Birnbaum, der niemals eine einzige Birne hatte tragen wollen.

War es die Geschichte? War es seine kunstvolle Schnitzarbeit? In der Stadt wurden die hölzernen Birnen ein begehrtes Gut. Man forderte mehr von dieser Art.

Von nun an hatte der Schnitzmeister Arbeit im Überfluss. Er verschnitzte seinen alten Birnbaum zur Gänze, er schnitzte dies und schnitzte das. Bald

Jeder Baum spendet Kraft und Energie.
Ich schlendere vorbei an Streuobstwiesen und sehe einen Birnbaum ...

Ein Birnbaum wirkt stärkend auf schwache Menschen. Ebenfalls soll er einem feinfühligen, leicht verletzbaren Menschen das Gefühl von Schutz geben.

rühmte man seine Schnitzarbeiten im ganzen Land. So wurde der Holzschnitzer auf seine alten Tage wohlhabend und lebte glücklich sein Leben.

Jahre später fragte einer den Schnitzmeister nach seinem Reichtum. Da erwiderte dieser mit einem breiten Schmunzeln: „Der Birnbaum, er war mein Glücksbaum! Nur habe ich das lange Jahre nicht geahnt."

Doch er wusste seitdem: „Das Glück kann in einem kleinen Stück Holz liegen! Allen wird gleich bei der Geburt ein Glücksholz zugeteilt. Wer die Augen offen hält, der wird gewiss eines Tages darauf treffen."

Magische Erzählorte

Märchen-Birnbäume hierzulande

Dieses Märchen kann bei jedem alten knorrigen Birnbaum seinen besonderen Zauber entfalten.

Ein „berühmter" geheimnisumwitterter Birnbaum ist der Walser Birnbaum. Dieser steht bei *Salzburg (A-5071 Salzburg; Walserberg Bundesstraße Ecke Salzburger Str. / Österreich)* an der Straße vor der Abzweigung nach Großgmain. Er ist wohl bereits der 9. Birnbaum an dieser Stelle.

14641 Ribbeck Brandenburg

Birnbaum bei der Kirche: Der Baum erinnert an die berühmte Ballade von *Theodor Fontane (1819-98)*

16348 Wandlitz Brandenburg

Birnbaum in Ützdorf: Stammumfang etwa 5 Meter

19399 Goldberg Mecklenburg-Vorpommern

Birnbaum in Grambow: Stammumfang etwa 6,9 Meter

76872 Freckenfeld Rheinland-Pfalz

Dicke Birne: Sie steht gegenüber der Kirchmauer, ist 150-250 Jahre alt (Stammumfang rd. 4 m)

75438 Knittlingen Baden-Württemberg

Alter Birnbaum bei Kleinvillars: Stammumfang rd. 5,4 Meter!

74889 Sinsheim Baden-Württemberg

Birnbaum in Weiler: Er steht an der Straße nach Reihen, an einer Wegkreuzung. Mit seinen 240-275 Jahren ist er vielleicht der älteste Birnbaum in Baden-Württemberg (Stammumfang rd. 4 m)

82481 Mittenwald, Klammstr. / Bayern

Alte Birne (Holzbirne): Ist 180-250 Jahre alt (Stammumfang etwa 5 m)

83317 Teisendorf Bayern

Großgewachsener Birnbaum in St. Georgen: Er ist 200-275 Jahre alt (Stammumfang rd. 5,5 m)

97535 Wasserlosen / Bayern

Birnbaum am Lerchenberg: 150-200 Jahre alt & Naturdenkmal seit 1989 (steht etwa 1 km nordwestlich von Schwemmelsbach in einem Feld; Stammumfang rd. 4,6 m)

Nur 6 Birnbäume mit einem dickeren Stamm sind hierzulande bekannt: in Grambow (6,9 m), in St. Georgen (5,5 m), bei Kleinvillars (5,4 m), im Müritz-Nationalpark (5,2 m), in Ützdorf (5 m), in Mittenwald (5 m)

99438 Bad Berka / Thüringen

Riesiger Birnbaum bei Tiefengruben: Er steht mit seinen ca. 150 Jahren im Mittleren Ilmtal, eindrucksvoll beim Obstbaubaumlehrpfad (entlang des Tiefengrubener Wiesenrings in Richtung Bad Berka)

Pyrus – Der Birnbaum

Die *Wildbirne*, Baum des Jahres 1998, ist ein struppiger Baum mit dornigen Zweigen, so klein, dass wir zumeist achtlos an ihm vorübergehen. Die Früchte, *Wildbirnen*, sind im Herbst nach ersten Frostnächten teigig und dann erst genießbar.

Wir aber denken bei einem Birnbaum stets nur an die *Kulturbirne*. Diese entwickelte sich aus der Wildbirne und kann bis zu 30 Meter hoch wachsen. Schon die alten Griechen kannten veredelte Birnbäume. Heute gibt es über 1.500 Sorten. Das an Birnen artenreichste Land ist China. Dort symbolisiert der Birnbaum neben der Kiefer ein langes Leben.

Nach Äpfeln stehen *Birnen* an 2. Stelle der Weltproduktion an Obst, erreichen aber nur etwa ein Drittel der Apfelernte.

Doch einem Birnbaum setzte der Dichter *Theodor Fontane (1819-98)* ein Denkmal mit seiner berühmten Ballade *Herr von Ribbeck ...* Darin der Landbaron stirbt. Doch auf dessen Grab wächst bald ein Birnbaum und schenkt den Kindern Birnen, so wie es der Baron zu Lebzeiten getan hatte. Auf dem Friedhof in dem *Dorf Ribbeck* in Brandenburg stand tatsächlich ein alter Birnbaum. Den aber warf 1911 ein Sturm um. Als dann 1989 die innerdeutsche Grenze fiel, wurde ein neuer Baum gepflanzt. Er steht heute bei der Kirche auf dem historischen Kirchhof.

Herr von Ribbeck auf Ribbeck im Havelland,
Ein Birnbaum in seinem Garten stand,
Und kam die goldene Herbsteszeit
Und die Birnen leuchteten weit und breit,
Da stopfte, wenn's Mittag vom Turme scholl,
Der von Ribbeck sich beide Taschen voll.

Und kam in Pantinen ein Junge daher,
So rief er „Junge, wiste 'ne Beer?"
Und kam ein Mädel, so rief er: „Lütt Dirn,
Komm mal röwer, ich hebb 'ne Birn."

So ging es viele Jahre, bis lobesam
Der von Ribbeck auf Ribbeck zum Sterben kam
…

Einst galten Wildbirnenbäume als *Wohnstätten von Drachen, Dämonen und Hexen.* Viele glaubten, die Geisterwesen würden mit der Baumrinde ihre schwarze Magie treiben und „Hexen" würden als Zauber-Anfangsübung Birnen in Mäuse verwandeln!"

In alter Zeit …

Die sehr gerbstoffreichen *Mostbirnen* verwendeten Landwirte zum Klären von Wein.

Holzschnitzer fertigten aus dem *Holz der Wildbirne* Holzmodel (Hohlformen für Gebäck; Druckformen für Stoffe). Fällte man einen Baum im Winter bei Neumond an einem Nordhang, so war das Holz besonders widerstandsfähig. Imprägnierungsmittel waren noch unbekannt, man war angewiesen auf derlei Wissen.

In alter Zeit ...

Birnbaum & Apfelbaum galten als ein Paar; dabei zeigten Birnbäume das Männliche. Für ein *Liebesorakel* schlich sich manch junges Mädchen in den Raunächten nach Weihnachten zu einem alten Birnbaum, schlüpfte um Mitternacht aus ihren Holzpantinen und warf diese in die Baumkrone. Blieb ein Schuh im Gezweig hängen, würde im kommenden Jahr an ihr ein Freier hängen bleiben! Burschen taten das Gleiche bei einem Apfelbaum.

Im Mittelalter warnten Ärzte: *„Esst keine Birne roh vom Baum, ohne Wein; das ist giftig."* Eine *rohe Birne* ist tatsächlich schwer verdaulich. Dazu auch folgende Sprüche: *„Nach einer Birne: Wein oder Priester"* & *„A Warden pie's dainty dish, to mortify a witch"* (Mit einem Nachtisch aus Warden-Birnen lassen sich Hexen töten).

Krankheiten entstünden durch Insekten und Würmer, glaubten einst viele Menschen. „Typische Wurmkrankheiten seien Schwindsucht, Kopfschmerzen, Magenprobleme und auch Zahnschmerzen. Das krankmachende Getier hält sich in der Rinde und in den Wurzeln der Bäume auf, ist aber mit dem bloßen Auge nicht zu erkennen." Wer eine „Wurmkrankheit" loswerden wollte, der sollte einen Birnbaum umschreiten und dazu folgenden Spruch laut sprechen:

„Birnbaum, ich klage dir
Drei Würmer, die stechen mir.
Der eine ist grau,
Der andere ist blau,
Der dritte ist rot,
Ich wollte wünschen,
sie wären alle drei tot."

Birnbaum - Praktisch

Birnen: Birnenkompott und Birnensaft gelten bei Blasen- und Nierenkrankheiten als Heilkost; sollen aber besonders bei Bluthochdruck Herz- und Kreislauferkrankungen helfen.

Aus dem Holz

baut man Möbel, färbt es auch schwarz wie Ebenholz für Truhen und Klaviertasten.

Birnbaumholz

gilt als sehr wertvoll. Das Holz ist dicht, hart und feinfaserig.

Mona Magnolia, feine Dame du,
Im Frühling, deinem rosa Blütenblattgewirbel –
Dem schaue ich gerne zu.

Zacharias Zypresse steht allein,
Stößt seinen spitzen grünen Kopf
Mitten in den blauen Himmel hinein.

Blondine Blasenesche, ohne Pein,
Will überall die Schönste sein.

Magnolie, Zypresse und Blasenesche

erzählen ...

Im Garten des Gelehrten

Einmal, in einem fernen Land, da hatte ein weiser Mann die Einsamkeit gewählt, um zu meditieren und den geheimen Sinn des Lebens zu verstehen. Er lebte in einer Hütte mitten in einem großen Wald, und bei seiner Hütte war ein Garten mit zarten Gräsern, herrlichen Blumen und wundersamen Bäumen. In seine Abgeschiedenheit verlor sich kaum einmal ein Fremder. Einzig einen Knaben duldete er in seiner Nähe, der war sein Diener. So blieb dem Gelehrten viel Zeit zum stillen Sinnieren und Meditieren.

Ein Frühlingsabend, warm und freundlich, verwöhnte das Land. Die Bäume zeigten zart ihr Grün, und es wehte ein lauer Wind. Der weise Mann, einen Becher Wein in der Hand, saß vor seiner Hütte und schaute sinnend in die Nacht, der Mond schien hell. Plötzlich erblickte er ein Mädchen in dunklen Kleidern, durch seinen Garten kam sie auf ihn zugelaufen. Sie grüßte höflich und sprach: „Herr, ich bin deine Nachbarin. Eine Gesellschaft von Mädchen ist auf dem Weg, die achtzehn Tanten zu besuchen. Die Mädchen möchten hier in Ihrem Hofe ein wenig rasten, sie lassen um Erlaubnis bitten."

Der Gelehrte erkannte, dass es um etwas Außerordentliches ging. Freundlich stimmte er zu und das Mädchen lief leichtfüßig davon. Nach einer kleinen Weile kehrte es mit einer Schar junger Damen zurück. Alle trugen Blüten und

Zweige im Haar, anmutig war ihr Gruß.

Der Gelehrte lud sie ein, sich zu ihm zu setzen. Sein Diener trug Stühle herbei. Als sie so beieinandersaßen, fragte der Gelehrte freundlich: „Seid ihr dem Schlosse der Mondfee entschlüpft oder seid ihr Nixen aus dem silbrigen Honigsee?"
„Wie könnten wir uns von so hoher Herkunft rühmen", erwiderte lächelnd das größte der Mädchen, es trug ein dunkelgrünes Gewand.
„Ich heiße Abies", stellte sie sich dann vor und benannte auch die anderen. Da gab es die rosa Gekleidete, „unsere Magnolia", eine im hellgrünen Gewande war „unsere Savora",

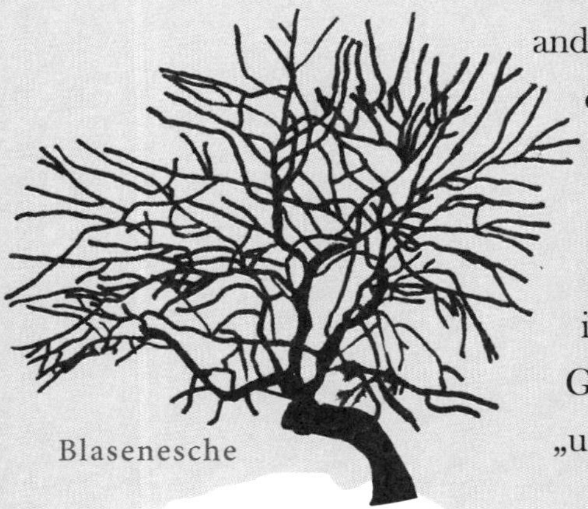

Blasenesche

und jene gelb Gekleidete trug den seltsamen Namen „Koelreiteria paniculala". Sie erhoben sich alsdann, fassten sich an den Händen und sprachen im Chor: „Wir Schwestern, wir wollen dir herzlich danken, dass du dich unserer angenommen hast."
Als Antwort nickte der Gelehrte bedächtig, dabei wanderte sein Blick von Mädchen zu Mädchen.

In die Stille hinein vermeldete die Dienerin der Mädchen: „Die Zephirtanten, sie erreichen gerade den Garten."

Darauf sprangen hastig die Mädchen auf. Sie liefen den Tanten entgegen und riefen dabei: „Eben waren wir auf dem Weg zu euch. Da hat der Herr hier uns für ein kurzes Verweilen eingeladen. Es ist eine so schöne Nacht, lasst uns einen Becher Wein auf euer Wohl leeren."
Und die dunkelgrüne Abies trug der Dienerin

auf, alles Nötige herbeizubringen.

Die Tanten indes zeigten sich unruhig und fahrig.

Die Mädchen ließen sich davon nicht irritieren. Sie leiteten sie zu dem Gelehrten, und dieser sprach freundlich einige Worte zur Begrüßung. Doch spürte er in ihrer Nähe einen fröstelnden Hauch.

Währenddessen hatte sein Diener weitere Stühle herbeigebracht. Und auf dem Tisch standen binnen kurzem köstliche Speisen, und blumig duftender Wein füllte die Becher.

Der Wind hatte sich gelegt, und die Blätter der Bäume schwiegen im Chor, derweil sich auf der Terrasse des Gelehrten ein lustiges Geplänkel entspann. Vom Weine erheitert begannen die Mädchen in dem stillen Garten zu tanzen und zu singen. Entzückt vermeinte der Gelehrte zu träumen. Der Tanz endete, viel zu schnell für seinen Geschmack. Erhitzt ließen sich die Mädchen wieder auf ihren Stühlen nieder. Freundlich tranken sie auf das Wohl der Tanten, sie bedachten auch den Gelehrten mit einem Trinkspruch.

Zypresse

Auch bei den Tanten tat der Wein seine Wirkung. Sie wurden noch fahriger als zuvor. Die Älteste ließ sich nachschenken. Ihren vollen Becher hob sie zum Munde, leicht zitterte ihre Hand. Wein

schwappte über, einige Tropfen spritzten auf das rosafarbene Gewand der Magnolia, die neben ihr saß. Das Mädchen sah ihr Kleid befleckt und rief zürnend: „Tante, Ihr seid doch gar zu unvorsichtig!“

Erbost sprangen die achtzehn Tanten auf – alle gemeinsam – und schimpften im Chor: „Wie kannst du junges Ding es wagen, uns zu beleidigen?“

Hastig scharten sich die anderen Mädchen um sie und riefen besänftigend: „Die Magnolia, sie ist jung, sie hat getrunken, sie weiß nicht, was sie tut. Morgen soll sie sich mit einer Rute bei euch einfinden und ihre Strafe entgegennehmen.“

Die Tanten jedoch rafften ihre Kleider und marschierten entschlossenen Schritts durch den Garten, sie verschwanden im Wald.

Jeder Baum spendet Kraft und Energie. Ich gehe durch einen Park und sehe eine Zypresse ...

Die Zypresse gilt als Baum der Treue und der Unsterblichkeit. Wer trauert, kann bei ihr Trost finden.

Bedrückt verabschiedeten sich daraufhin auch die Mädchen. Der Gelehrte indes saß lange noch, die laue Nacht nachdenklich genießend.

Der Folgetag ging zur Neige, in der ersten Abenddämmerung erschienen die Mädchen wiederum bei dem Gelehrten. Sie grüßten mit Anmut und verrieten nun: „Herr, wir wohnen alle in deinem Garten. Das ist sehr angenehm. Nur – an einem Tag in jedem Jahr treiben die Winde ihr übles Spiel mit uns. Bislang beschützten uns die achtzehn Tanten. Da gestern jedoch unsere Magnolia sie beleidigte, können wir künftig von ihnen keine Hilfe mehr erwarten. Sie aber, Herr, Sie sind uns freundlich zugetan, daher wollen wir Sie höflich bitten: Würden Sie die Freundlichkeit haben, jedes Jahr am Neujahrstag eine kleine scharlachrote Fahne, bemalt mit Sonne, Mond und den fünf Planeten, im Osten Ihres Gartens aufzustellen? Dann würden uns die Stürme nichts anhaben können. Da Neujahr aber für

Jeder Baum spendet Kraft und Energie. Ich gehe durch die Stadt und erblicke eine Blasenesche …

Die Blasenesche, so ist es zu lesen, lässt uns die Schönheit wieder neu sehen. Wer sie besucht, dem tut allein der Anblick ihrer Blüten und Früchte wohl.

dieses Jahr schon vorüber ist, so stellen Sie, Herr, wir bitten Sie sehr, diesmal die Fahne am einundzwanzigsten Tag dieses Monats auf. Es wird an diesem Tag der Ostwind durch das Land tosen."

Der Gelehrte willigte freundlich ein.

Darauf die Mädchen ihm erwiderten: „Wir danken, Herr, für Ihre Güte und werden es Ihnen vergelten."

Jeder Baum spendet Kraft und Energie. Ich gehe durch die Straßen und sehe eine Magnolie ...

Die Magnolie, so heißt es, hilft, mit dem Leben einverstanden zu sein, sich nicht im Leben eingesperrt zu fühlen. Bei dem Besuch einer Magnolie kann dir dein innerer Reichtum bewusst werden.

Sie nickten freundlich ihm zu, dann huschten sie davon.

Der Gelehrte begab sich unverzüglich ans Werk und fertigte eine rote Fahne.

An dem genannten Tag, frühmorgens, begann der Ostwind zu wehen. Schnell eilte der Gelehrte in seinen Garten und stieß die Fahne im Osten tief in den Erdboden.

Sekunden später erhob sich ein wilder Sturm. Der Gelehrte hastete geschwind zurück in seine Hütte. Aus ihrem Schutz schaute er hinaus. Merkwürdig ruhig lag sein Garten inmitten eines stürmischen Tosens. Bei seinem stillen Schauen erkannte er mit einem Male das Mädchen Abies. Da stand sie, sie war seine schlanke hohe Tanne. Sawora, das sah er nun auch, war seine starke Zypresse, Koelreuteria paniculala war der prächtige Blasenbaum und die vorlaute Magnolia seine elegante Magnolie. Die achtzehn Zephirtanten indes – das wurde ihm nun klar – sie waren die Geister des Windes.

Am Abend darauf kamen die Baum-Mädchen wiederum zu dem Gelehrten. Ein Geschenk wollten sie ihm darreichen, leuchtende Blüten und feinduftende Blätter. Dazu sprachen sie: „Sie, Herr, Sie haben uns gerettet, wir wollen Ihnen unseren Dank zeigen. Wer diese Blumen und Blätter isst, wird ewig lang noch leben. Mögen Sie weiterhin uns beschirmen, so werden auch wir noch lang am Leben bleiben."

Der Gelehrte dankte und entließ die Mädchenschar mit freundlichen Worten.

Noch am selben Abend aß er mit Bedacht von den Blüten und Blättern. Er legte sich hernach zur Ruhe und schlief tiefer und länger als je zuvor. Bei

Samen der Blasenesche

seinem Erwachen stand die Sonne schon hoch am Himmel. Er erhob sich endlich, da rieb er verwundert sich die Augen: im Spiegel sah er die Gestalt eines zwanzigjährigen Jünglings.

Sehr viele Jahre noch weilte der Gelehrte auf Erden, schritt täglich durch seinen Garten und vergaß dabei niemals, seine Bäume sanft zu berühren und ihnen freundliche Worte zu sagen. Im Laufe der Zeit erlangte er viel Wissen über den geheimen Sinn des Lebens.

Magische Erzählorte

Märchen-Bäume hierzulande

In dem fernen asiatischen Land China hat dieses Märchen seinen Ursprung. Hierzulande könnten uns asiatische Gärten einen Hauch dieses fernen Landes ahnen lassen. Auch in Arboreten stehen Bäume aus Asien. Ein Arboretum bietet als Dreingabe das Waldgefühl, welches besonders gut die Stimmung dieses Märchens einfängt.

Die allererste Magnolie in Europa stand 1711 in Nantes (44000 Nantes / Frankreich).
Und der dickste Baum der Welt, der Baum von Tule in Mexiko, ist eine Sumpf-Zypresse (Durchmesser dickste Stelle: rd. 46 m)

Magnolie in Raddusch: Steht bei der Buschmühle am Gurkenradweg. In der Mühle wurde Leinöl hergestellt. Als sie etwa 1900 stillgelegt wurde, pflanzte man die Magnolie; diese wurde eine lokale Berühmtheit

03226 Vetschau/Spreewald / Brandenburg

Schirmmagnolie in Schuckendorf
Steht im Park des Guts Eckendorf, dort auch Flusszeder und Stieleiche

33818 Leopoldshöhe, Bielefelder Str. 222
Nordrhein-Westfalen

Magnolie im Kreuzgang des Klosters Maulbronn: Ein Traum, sie beim Blühen zu erleben

75433 Maulbronn
Baden-Württemberg

10179 Berlin, gegenüber Waisenstr. 28

Blasenesche: Wächst malerisch in einem Grünstreifen vor einer Mauer

76829 Landau, Eichbornstr. 3 Rheinland-Pfalz

Zwei Blasenbäume in Landau: Wurden um 1920 gepflanzt, etwa 10 Meter hoch

76131 Karlsruhe / Baden-Württemberg

Blasenesche: Beim Schloss, nahe von Orangerie und Junger Kunsthalle. Ihr lateinischer Name erinnert an den *Botaniker Joseph Gottlieb Kölreuter (1733-1806)*, der war Hofgartendirektor in Karlsruhe

14059 Berlin Heubnerweg 2

Dicke Sumpfzypresse im Schlosspark Charlottenburg: Steht unweit des Mausoleums auf einer Wiese, ist etwa 15 Meter hoch gewachsen; wohl Anfang des 19. Jahrhunderts gepflanzt

22609 Hamburg, Hesten

Sumpfzypressen-Hain im Loki-Schmidt-Garten in Osdorf: Im Bio-Zentrum der Universität zeigen Zypressen das südöstliche Nordamerika. Es gibt im Loki-Schmidt-Garten ebenso einen chinesischen & einen japanischen Garten

69117 Heidelberg, Hauptstr. 235 Baden-Württemberg

Magnolie: Steht beim Völkerkundemuseum, bietet im Frühjahr vom Neckarufer aus ein einmaliges Bild

24105 Kiel, Düvelsbeeker Weg Schleswig-Holstein

Sumpfzypresse: Steht in der Forstbaumschule; etwa 125 Jahre alt & 18 Meter hoch

51709 Marienheide Nordrhein-Westfalen

Zypresse in Müllenbach: Die etwa 100 Jahre alte Zypresse (rd. 18 m hoch gewachsen) gilt in der Weihnachtszeit als der größte Weihnachtsbaum im Oberbergischen Kreis; sie leuchtet dann mit 300 Glühbirnen

76593 Gernsbach Baden-Württemberg

Magnolien: Im Katz'schen Garten mit Skulpturen & Bäumen (19. Jh.). Wertvoll ist hier auch eine Sympfzypresse, zwei Magnolien zählen zu den ältesten hierzulande

70376 Stuttgart, Neckartalstr. Baden-Württemberg

Magnolienhain: Im Maurischen Garten in der Wilhelma (Zoo); größter Magnolienhain Europas nördlich der Alpen; 70 Magnolienbäume

www.wilhelma.de

54292 Trier, Borweg Rheinland-Pfalz

Sumpfzypresse in Eitelsbach: Steht im Park des Karthäuserhofs, dort auch zwei Lawsons Zypressen u.a.

Magnolia – Die Magnolie

Magnolien heißen nach dem *Botaniker Pierre Magnol (1638-1715)*, der den Begriff der Pflanzenfamilien schuf. Es gibt mehr als 200 Arten – einige werden bis zu 10 Meter hoch. Ein Nationalsymbol Nordkoreas ist die *Sommer-Magnolie*, hierzulande besonders beliebt ist die *Tulpenmagnolie*.

Magnolien blühen oft schon im März. Jede *Blüte*, weiß oder rosa, scheint aus feinstem Porzellan. Ein einziger Spätfrost aber lässt sie schwinden.

Bei manchen Magnolien-Arten wird aus den Blüten ein *Zapfen* mit Samen; so edel geformt, dass manch einer ihn als Kostbarkeit mit nach Hause nimmt. Doch nicht jede Magnolie bildet Samen aus, ihre Vermehrung erfolgt zumeist durch Stecklinge oder Absenker.

In alter Zeit ...

Europas *1. Magnolie* kam 1711 nach Nantes, Frankreich. In der Orangerie zeigte der Baum 20 Jahre lang keine einzige Blüte. Da landete er auf dem Misthaufen. Die Frau des Gärtners sah ihn, ließ ihn nun ins Freie pflanzen, der Baum begann zu blühen, zeigte nun jedes Jahr eine Blütenpracht. Er starb 1849. Aber schon 1755 waren Magnolien in die Königlichen Gärten von Paris gepflanzt worden.

Magnolien galten als Zeichen für eine große *Liebe*.

Koelreuteria paniculata – Die Blasenesche

Blaseneschen stammen aus China. Sie stehen hierzulande in Parkanlagen und Gärten. Sie zählen zu den *Seifenbaumgewächsen* mit nur 3 Arten.

Eine Blasenesche kann etwa 14 Meter hoch wachsen, wird meist aber nur 5-7 Meter hoch.

Die *Blätter*, gefiedert wie bei einer Esche, treiben erst Mitte Mai aus. Sie zeigen sich zunächst dunkelrot.

Mitte August *blüht* der Baum mit leuchtend gelben Rispen. Die grünlichen Früchte, die sich hernach zeigen, gleichen Lampions oder eben einer Blase – daher kommt auch der Name.

Cupressus – Die Zypresse

Zypressen sind Nadelhölzer. Es gibt 16 oder gar 28 Arten, darunter Zwerge und Baumriesen, die 70 Meter hoch wachsen können; die einen schmal, säulenartig, andere mit weit ausladender Krone. Bei allen sind die Zweige dicht besetzt von Schuppenblättern, ähnlich wie bei den Thujen (Lebensbäumen). Keine Zypresse ist winterhart, doch ihr größter Feind ist die Trockenheit.

Eine Zypresse kann *4.000 Jahre alt* werden! Sie gehört damit zu den Gehölzen mit der höchsten Lebenserwartung.

Welche Arten wachsen hierzulande? Die buschige *Arizona-Zypresse* (Cupressus arizonica), sie ist fast winterhart. Häufiger zeigt sich die säulenartige *Mittelmeer-Zypresse* (Cupressus Sempervirens; heißt auch Echte Zypresse oder Säulenzypresse). Sie steht oft als Solitär in Gärten und auf Friedhöfen, prägt aber besonders die Landschaft der italienischen Toskana.

Als dritte im Bunde findet sich die *Echte Sumpfzypresse* (Taxodium distichum). In Nordamerika wächst sie in feuchten Gebieten: Sumpfzypressen können mächtige Bäume werden, sie sind im Winter kahl. Verwandt sind sie mit den Mammutbäumen, allerdings ist ihre Rinde härter.

In alter Zeit ...

In der *Antike* verehrten die Menschen die Zypresse als heiligen Baum. In der Mythologie stand sie für Tod und Trauer. Der römische *Dichter Ovid (43 v.Chr. – wohl 17 n.Chr.)* schrieb ihre Geschichte nieder: *Kyparissos, ein Knabe, verstand es, den heiligen Hirsch der Nymphen zu reiten. Doch eines Tages, bei der Jagd, traf er das Tier mit einem Speer, es starb. Untröstlich wollte nun auch Kyparissos sterben. Gott Apollo jedoch verwandelte ihn stattdessen in eine Zypresse, und als Zypresse konnte der Knabe für ewige Zeiten trauern.*

Mit den *Zweigen* der Zypresse räucherte man gegen Zauberei an.

Aus dem sehr widerstandsfähigen *Holz* fertigte man Pfosten und Dachsparren, auch Weinpressen, Tische und Musikinstrumente, ja sogar Schiffe. Eine Zypressenplantage galt als gute Mitgift für eine Tochter.

Die Zypresse war der *Baum des Gottes Apollo*, war also ein heidnisches Symbol. Daher duldeten die Christen des Mittelalters Zypressen nur als Trauerbaum. Zypressen durften vielerorts nur noch auf Friedhöfen gepflanzt werden. Als aber mit der Renaissance die Ästhetik wieder an Bedeutung gewann, ließen in der Toskana viele Villenbesitzer Zypressen in ihre Gärten pflanzen.

Keltisches Baumhoroskop:
„Zypresse-Geborene“ (25.1.-3.2. & 26.7.-4.8.) gelten als treu, auch als biegsam.

Magnolien – Praktisch

Das Holz
ist hell, die Struktur fein
und gleichmäßig,
es lässt sich gut bearbeiten.

Holz: Drei amerikanische Magnolien-Arten haben auch holzwirtschaftlich Bedeutung: Gurkenmagnolie, Großblutige und Virginische Magnolie.

Die **Blüten** werden besonders geschätzt; diese sehen umwerfend aus und verzaubern mit ihrem Duft.

Aus dem Holz
werden Rahmen und Füllungen von Möbeln, man nimmt es für Paletten, auch für Türen.

Zypressen - Praktisch

Zypressenöl

wird aus den Nadeln und aus den Früchten gewonnen. Für einen Liter Öl benötigt man bis zu 100 kg junge Zweige.

Das Holz

ist durchaus von Interesse. So baut man aus dem rötlichen Holz der Echten Zypresse wegen seiner großen Härte gern belastbare Säulen oder Balken.

Zypressen

wachsen hierzulande zuvorderst als Zierbäume.

Gesundheit:

Man nutzt das Öl in der Homöopathie, behandelt damit Kopf- und Gelenkschmerzen.

Such nie in einer Vollmondnacht
nach einer Erle.
Es sei denn, du hältst in der Hand
eine blutrote Perle.

Die unheimliche Erle

– was sie zu erzählen weiß ...

Wie man sich im Walde retten kann

Am Waldesrande, wo wabernd sich ein Sumpf ausbreitet, stehen still die Erlen, durchwoben von modrigen Gerüchen. In der Abenddämmerung schweben Nebelschwaden über dem Sumpf, die Seelen von Ertrunkenen. Hier tanzen in hellen Mondscheinnächten Elfen einen zaubrigen Elfenreigen. In dem Walde nahebei jedoch stehen die Bäume dicht an dicht.

Es wird erzählt, dass in dem Wald die Erlenfrauen leben und jeden, der sich in ihre Nähe wagt, tief ins Waldesdickicht locken. Doch höre, ich weiß ein Geheimnis ...

Ein Mann war bei Tage, bei hellem Sonnenschein in den Wald gezogen. Am Abend aber, als die Dämmerung hereinbrach, hatte er sich verirrt. Im Zwielicht der Nacht hastete er querfeldein, stolperte durch sperriges Unterholz und wildes Gestrüpp. Er fand den Weg nicht mehr. Schwer ging sein Atem, da hielt er inne. „Vielleicht kann ich etwas erkennen, wenn ich mit Ruhe schaue“, sagte er sich und spähte in alle Richtungen. Tatsächlich, im Westen war ein heller Schimmer in dem nachtdunklen Baumgewirr auszumachen. „Das muss ein Licht sein“, dachte er. Und er bahnte sich entschlossen einen Weg dorthin. Der helle Schimmer führte ihn zu einer kleinen Hütte. Auf sein Klopfen hin öffneten ihm zwei Erlenfrauen. Höflich bat er sie, die

Nacht in ihrer Hütte verbringen zu dürfen.

„Du darfst aber keine Geschichte erzählen“, machten sie ihm zur Bedingung.

„Nein“, erwiderte darauf der Mann, „wie käme ich denn dazu? Ich will mich nur ausruhen, die Nacht hier verbringen.“

Die Erlenfrauen ließen ihn eintreten. Sie zeigten scheinheilig eine freundliche Miene, doch böse waren ihre Gedanken:

Jeder Baum spendet Kraft und Energie. Ich schlendere vorbei an einem Sumpf und sehe Erlen ...

„Fühlst Du Mattheit in Arm` und Bein`, so wird die Erle dir behilflich sein“, besagt ein alter Spruch. Besuch also bei Müdigkeit, auch bei Niedergeschlagenheit eine Erle, sie mag dir Frische und Munterkeit bringen.

„Dieser Mann, er soll für immer bei uns bleiben, er soll unser Diener sein, soll dienen uns, nur uns. Wenn beginnt die Geisterstunde, dann ist es vorbei mit ihm. Die Geisterstunde ..."

Draußen rauschten die Erlen im nächtlichen Wind, in der Hütte aber stand einladend eine Bank, darauf ließ der Mann sich nieder. Er war hungrig. Mit seiner rechten Hand griff er in seine Tasche und tastete nach seinem Brot. Dabei fing er an, mit sich selbst zu sprechen. „Mein Brot, so komm hervor. Ah, da bist du ja. Was alles musste geschehen, damit ich dich gleich essen kann. Einer musste das Korn mahlen ..."

„Halt, halt", unterbrachen ihn die Erlenfrauen, „du erzählst ja eine Geschichte!"

„Nein, keine Geschichte, ich sage nur, was man mit diesem Brote tat. Seht doch!", er hob das Brot den Erlenfrauen entgegen. „Das Korn war gemahlen. Aus dem Mehl buk der Bäcker in der gestrigen Nacht viele Brote, darunter auch dieses hier. Ich selbst bin heute am Morgen, ehe ich in den Wald zog, bei diesem Bäcker gewesen. Den ganzen Tag hat mich das Brot in meiner Tasche begleitet. Gleich werde ich hineinbeißen, werde es essen."

Kaum hatte er das letzte Wort gesprochen, da tat es in der Hütte einen lauten Knall. Der Mann hob verwundert den Kopf und sah, die Hütte war leer. Die Erlenfrauen waren zerplatzt, ohne eine Spur zu hinterlassen.

Der Mann holte erleichtert tief Luft. Dann verzehrte er sein Brot mit Behagen und legte sich hernach

Erle

flach auf die Bank um zu ruhen. Gestärkt verließ er am Morgen die Hütte. Nun, in des Tages Helligkeit fand er ohne Irritationen seinen Weg durch den Wald nach Hause.

Seitdem erzählen sich die Menschen im Walde Geschichten. Dann kann keine Erlenfrau Macht erlangen über sie.

Der Erlkönig

Wer reitet so spät durch Nacht und Wind?
Es ist der Vater mit seinem Kind;
Er hat den Knaben wohl in dem Arm,
Er fasst ihn sicher, er hält ihn warm.

Mein Sohn, was birgst du so bang dein Gesicht? –
Siehst, Vater, du den Erlkönig nicht?
Den Erlenkönig mit Kron und Schweif? –
Mein Sohn, es ist ein Nebelstreif. – ...

So beginnt *Johann Wolfgang von Goethe (1749-1832)* seine berühmte Ballade. Bedrohlich ist die Stimmung. Ein Übersetzungsfehler inspirierte ihn, das dänische Wort „ellerkonge“ heißt „Elfenkönig“, er hatte aber die Übersetzung „Erlenkönig“ übernommen.

Magische Erzählorte

Märchen-Erlen

hierzulande

Dieses Märchen stimmt wunderbar ein auf einen Waldspaziergang. Ein trefflicher Erzählort wäre auch ein Sumpf mit Erlen oder ein Ort, dessen Name auf alte Erlenbestände hinweist, selbst wenn dort die Erlen verschwunden sind (Erlenau, Erlenkamp, Erlbach ...).

Eine Erle gilt als der größte Baum Irlands! Der Baum steht in einem der letzten Urwälder, im Ballyseedy Wood am Fluss Lee *(bei Tralee / County Kerry)*.

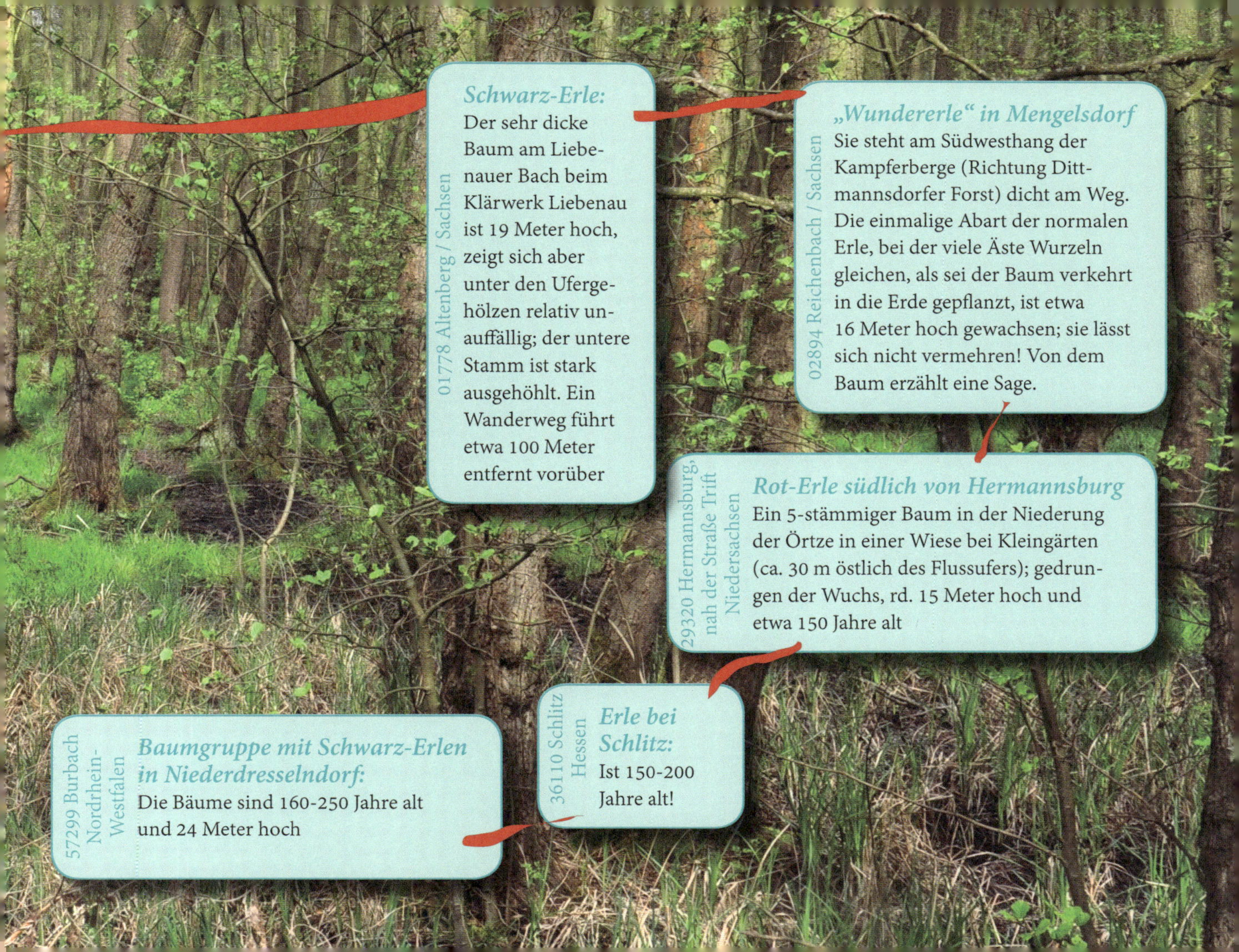

01778 Altenberg / Sachsen

Schwarz-Erle:
Der sehr dicke Baum am Liebenauer Bach beim Klärwerk Liebenau ist 19 Meter hoch, zeigt sich aber unter den Ufergehölzen relativ unauffällig; der untere Stamm ist stark ausgehöhlt. Ein Wanderweg führt etwa 100 Meter entfernt vorüber

02894 Reichenbach / Sachsen

„Wundererle“ in Mengelsdorf
Sie steht am Südwesthang der Kampferberge (Richtung Dittmannsdorfer Forst) dicht am Weg. Die einmalige Abart der normalen Erle, bei der viele Äste Wurzeln gleichen, als sei der Baum verkehrt in die Erde gepflanzt, ist etwa 16 Meter hoch gewachsen; sie lässt sich nicht vermehren! Von dem Baum erzählt eine Sage.

29320 Hermannsburg, nah der Straße Trift Niedersachsen

Rot-Erle südlich von Hermannsburg
Ein 5-stämmiger Baum in der Niederung der Örtze in einer Wiese bei Kleingärten (ca. 30 m östlich des Flussufers); gedrungen der Wuchs, rd. 15 Meter hoch und etwa 150 Jahre alt

57299 Burbach Nordrhein-Westfalen

Baumgruppe mit Schwarz-Erlen in Niederdresselndorf:
Die Bäume sind 160-250 Jahre alt und 24 Meter hoch

36110 Schlitz Hessen

Erle bei Schlitz:
Ist 150-200 Jahre alt!

Alnus – Die Erle

Erlen lieben Bäche, Flüsse und Moore. Von den weltweit etwa 35 verschiedenen *Erlenarten* wachsen nur drei Arten natürlich in Mitteleuropa, darunter die *Schwarz-Erle* am häufigsten: sie war Baum des Jahres 2003. Die anderen sind *Grau-Erle* (auch Weiß-Erle) und *Grün-Erle*.

Wo eine Erle steht, gleicht die *Stickstoffanreicherung im Boden* einer landwirtschaftlichen Volldüngung!

Die *Blätter* zeigen sich rundlich. Grün fallen sie im Herbst ab. Sie werden schnell zersetzt und tragen damit ebenfalls zur Bodenverbesserung bei.

Die Schwarz-Erle wird fast 30 Meter hoch und 120 Jahre alt. Ihr Baumstumpf kann neue Triebe entwickeln.

Schwarz-Erlen blühen sehr früh, doch sind ihre *Kätzchenblüten* unscheinbar. Die weiblichen, grünlich, befinden sich unter den größeren männlichen, violetten. Nach der Bestäubung verholzen sich die Früchte zu kleinen „Zapfen“.

Erlenwälder stehen auf der Roten Liste. Grund ist ein pilzähnlicher Mikroorganismus. In Deutschland sprach man erstmals 1995 von einem Erlensterben. Es gibt aber weiterhin Erlenwälder, so im Spreewald oder im Oderhaff. Und kleinere Erlenbestände sind an vielen Orten anzutreffen.

In alter Zeit …

Erlen umgaben griechische Orakelstätten. *Sagenheld Odysseus (12. Jh. v.Chr.)* war der Nymphe Kalypso verfallen, Erlen standen bei deren Höhle. Erlen ebenfalls bei der Zauberin Kirke, von der sich Odysseus hernach festhalten ließ.

Die *Blätter* an den jungen Zweigen sind klebrig, sie benutzte man bis ins 18. Jahrhundert als Fliegenfänger. Trockene zerriebene Erlenblätter verstreute man hingegen, um Flöhe, Mäuse und „angehextes elbisches Getier“ fernzuhalten. Viele steckten in der Walpurgisnacht Erlenzweige als zauberabwehrendes Mittel um ihr Gehöft, sie schnitten die Zweige am Karfreitag.

In *altfränkischer Zeit (3.-9. Jh.)* wurde ein Unhold aus der Sippe verstoßen. Der Richter zerbrach einen Stab aus Erlenholz über ihn und warf die Stücke in zwei Richtungen.

Die *Zapfen* waren ein Orakel: *„Ellerholz voll Köpfe, bedeutet volle Töpfe“.*

Viele glaubten, in den Erlen der feuchten Auwälder würden *Geister* leben, Irrlichter aus ihren Zweigen würden ahnungslose Wanderer vom Wege abbringen.

Eine Eigenart der Erle ließ die Menschen erschauern: Schnitzten sie in das frische Holz, verfärbte der *Saft sich rot*. „Das ist Blut“, glaubten sie und nannten daher die Schwarz-Erle auch „Rot-Erle“! Heute, da man die Ursache kennt (Oxidation), ist jegliche Furcht verschwunden.

Erlen - Praktisch

Holz -

Beachtlich ist die Haltbarkeit im Wasser: Halb Venedig und halb Alt-Amsterdam stehen auf Pfählen aus Erlenholz!

Hochwasser:

Schwarz-Erlen-Wurzeln wachsen bis zu 4 Meter in die Tiefe und saugen Wasser auf wie ein Schwamm. Damit kann die Erle dem Hochwasserschutz sehr dienlich sein.

Aus dem Holz

entstanden die einst wichtigen Holzschuhe, „Holschenboom" (Holzschuhbaum) hieß die Schwarz-Erle im Oldenburgischen.

Das Holz ist weich und leicht zu bearbeiten; es zeigt einen rötlich warmen Ton.

Farben (1) schenken Erlen ebenfalls! Aus den Zweigen lässt sich ein brauner Farbton gewinnen, die Borke ergibt ein dauerhaftes Schwarz für Leder.

Das Holz galt alles in allem als minderwertig. Heute aber ist es beliebt bei Möbelschreinern.

Farben (2): Zu grüner Wolle verhelfen die gerbstoffreichen Blüten.

Erlenholz lässt sich forstwirtschaftlich ohne viel Raubbau an der Natur nutzen. Eine Erle erreicht nach 20-25 Jahren schon Hiebreife. Häufig treibt der Baumstumpf sogar wieder aus.

ERLE

Feingliedrige Fichte,
deine Silhouette aus der Ferne
erscheint unschuldig,
ja ,anmutig und sanft.

Doch deine Nadeln,
sie pieksen!

Die hohe Fichte

– was sie erzählen kann …

Der Baum in der Hütte

Es war einmal ein reicher Herr, der hatte Märchen sehr gern. Eines Tages kam ihm zu Ohren, dass einer seiner Knechte, der Ivan, viele Märchen zu erzählen wisse. Auf der Stelle ließ er den Ivan zu sich rufen. „Setz dich und erzähl mir ein Märchen“, befahl er ihm, kaum dass der vor ihn hingetreten war.

Nun, Ivan war ein Knecht und der Herr, der war sein Herr. Ivan setzte sich also gehorsam nieder. Doch er sagte dabei: „Ich werde, Herr, nichts erzählen. Weil - der Herr wird sagen, dass ich lüge.“

Dem Herrn lag viel daran, Ivans Märchen zu hören. Er erwiderte daher mit geduldiger Freundlichkeit: „Ivan, hier auf den Tisch zwischen uns lege ich 100 Gulden. Sobald du mich sagen hörst ‚du lügst‘, gehört das Geld dir.“ Und er legte einen Hundert-Gulden-Schein mitten auf den Tisch, an dem sie beide saßen.

Nun zögerte Ivan nicht länger und willigte ein: „So werde ich erzählen. Doch höre, Herr, wenn ich sage ‚Ist das wahr?‘, sollt Ihr erwidern ‚Ja, das ist wahr‘.“

Der Herr zeigte sich bereit, das Märchen schien interessant zu werden. Er lehnte sich zurück und Ivan begann zu erzählen:

„Es kam so, bittschön der Herr, ich war noch recht jung, da pflanzte ich in meiner Hütte unter

der Bank einen jungen Baum, kaum einen halben Meter hoch gewachsen. Ich hatte diesen aus dem Wald geholt. Ist das wahr, Herr?“

Da erwiderte der Herr, so wie es ihm geheißen ward: „Ja, das ist wahr!“

„Mein Baum, der wuchs. In die Bank hatte ich schon beim Pflanzen ein Loch gebohrt. Doch mein Baum wuchs weiter. Er berührte die Decke, da bohrte ich auch dort ein Loch hinein. Mein Baum aber wuchs noch weiter empor. Bald riss ich daher das Strohdach auf. Innerhalb weniger Jahre wuchs mein Baum himmelhoch. Ist das wahr, Herr?“

Und der Herr erwiderte: „Ja, das ist wahr.“

„Eines Tages, der Wipfel meines Baumes ragte weit hinauf, ich konnte ihn nicht mehr sehen, da sagte ich mir, die Sonne schien an diesem Tag so warm und weich: ‚Ei, ich will doch einmal schauen, wie weit hinauf mein Baum wohl reicht.‘ Und ich begann an ihm hinaufzuklettern. Flink wie eine Wildkatze kletterte ich und gelangte nach einigen Tagen mitten hinein in den Himmel. Meine Klettertour endete

Jeder Baum spendet Kraft und Energie. Ich gehe in den Wald und sehe eine Fichte ...

Wer eine Fichte besucht, so heißt es, dem kann sie Stärke und auch Hoffnung geben.

oben vor dem Himmelstor. Doch das Tor war verschlossen, man erwartete mich dort nicht. Ich stand in einem Vorraum und überlegte, welchen Weg ich zurück zur Erde nehmen sollte. Wieder über den Baum hinabklettern - das widerstrebte mir. Mein Blick fiel auf einen Haufen frischer Weidenruten, sie lagen da in einer Ecke. Ein Strick, so dünkte es mir, daran könnte ich mich zur Erde hinabhangeln. Und ich begann aus den biegsamen Zweigen einen Strick zu flechten. Ist das wahr, Herr?"
Darauf erwiderte schnell der Herr: „Ja, das ist wahr."

„Das Abenteuer nahm seinen Anfang. Herrlich war das Gefühl, in dem weiten blauen Himmel zu hängen. Sanft schwang der Strick hin und her, es war eine Wonne. Doch dann, auf halber Höhe zwischen Himmel und Erde, da ging es nicht mehr weiter. Der Strick, Herr, er war mir zu kurz geraten. Ich überlegte, ob ich einfach oben etwas abschneiden sollte, um ihn damit nach unten zu verlängern - in dieser Situation kam ein Blatt durch die Luft gesegelt. Der Wind blies es auf mich zu. Ich griff mit einer Hand danach und betrachtete es nachdenklich. Das Blatt schaute aus wie ein Paar Engelsflügel. Sollte ich es wagen? Ich nahm mir ein Herz und pappte mir das Blatt kurzerhand mit Spucke auf den Rücken. Da hatte ich nun auf meinem Rücken Flügel kleben. Ich sagte mir ‚Was soll's'!, und ließ den Strick los. Tatsächlich - sanft segelte ich herrlich hinab durch eine endlose Weite.
Ich landete weich. Doch was war das? An den Beinen spürte ich bei eine unangenehme feuchte Nässe. Ich sah an mir hinab und erkannte das Malheur: ich steckte mitten in einem Sumpf, und ich lief Gefahr, tiefer und tiefer zu sinken. Schon reichte mir das modrige Nass fast bis zum Halse.
Ist das wahr, Herr?"
Und der Herr sprach schnell: „Ja, das ist wahr."

„Ich wagte nicht, mich zu rühren. Ich befürchtete, ich würde dann noch tiefer einsinken. Bewegungslos harrte ich aus, wo ich war.

Die Tage vergingen. Eine Ente kam geflogen, just auf meinem Kopf baute sie ein Nest, just auf meinem Kopf brütete sie ihre Küken aus. Ich hielt still und erlebte, wie die Küken aus ihren Eiern schlüpften. Ist das wahr, Herr?“

Und der Herr sagte: „Ja, das ist wahr.“

Eines Nachts hörte ich schleichende Schritte. Ein Tier näherte sich dem Sumpf, sehen konnte ich es nicht, dafür war es zu dunkel. Schon stand es am Uferrand. Es war ein Wolf. Das merkte ich, als er sich streckte und die kleinen Enten packte, die friedlich auf meinem Kopfe schliefen. Ich ließ den Wolf in Ruhe, solange er fraß. Kaum aber hatte er sein Mahl beendet, da packte ich seinen Schwanz und schrie in die finstere Nacht: ‚He hopp!‘ Das Tier erschrak und tat einen Riesensatz. Damit zog es mich heraus aus dem Sumpf. Ist das wahr, Herr?“

Und der Herr, vollkommen gebannt, stieß schnell hervor: „Ja, das ist wahr.“

„Leichtfüßig trat ich den Heimweg an. Ich war so froh, mich wieder frei bewegen zu können.

In der Morgendämmerung hatte ich den Sumpf hinter mir gelassen und kam zu einem Wald. Dort sah ich Hirten, die hüteten eine unübersehbar große Zahl an Schweinen. Ich freute mich, wieder Menschen zu sehen und schaute genau hin. Dabei erkannte ich unter den Hirten – ungelogen – Ihren Vater, Herr, Ihr eigener Vater hütete dort die Schweine, ganz wie ein einfacher Knecht. Ist das w...?“

„Du lügst, das ist nicht wahr!“, fiel aufgebracht ihm der Herr ins Wort und hob drohend die Faust. Es war ihm unerträglich, dass der Ivan seinen eigenen Vater so herabsetzte.

Ivan indes griff seelenruhig nach den 100 Gulden und entwischte flink, ehe der Herr ihn packen konnte.

Magische Erzählorte

Märchen-Fichten

hierzulande

Der Baum, den Ivan in seine Hütte pflanzte, muss besonders hoch gewachsen sein, er reichte immerhin „bis zum Himmelstor“. Das Märchen hat seinen Ursprung in der Ukraine, wo häufig Kiefern, Buchen, Eichen und Fichten stehen. Von diesen Bäumen kann die Fichte am höchsten wachsen. Daher wäre eine hohe Fichte ein wunderschöner Erzählort. Vielleicht steht bei ihr gar noch eine Hütte?

Ein wahrer Urwald aus Fichten kann im Salzburger Teil des Nationalparks „Hohe Tauern“ (Österreich) erlebt werden. Dort, beim Rauriser Tal, blieb der „Rauriser Durchgangswald“ seit einem Kahlschlag am Ende des Mittelalters sich selbst überlassen.

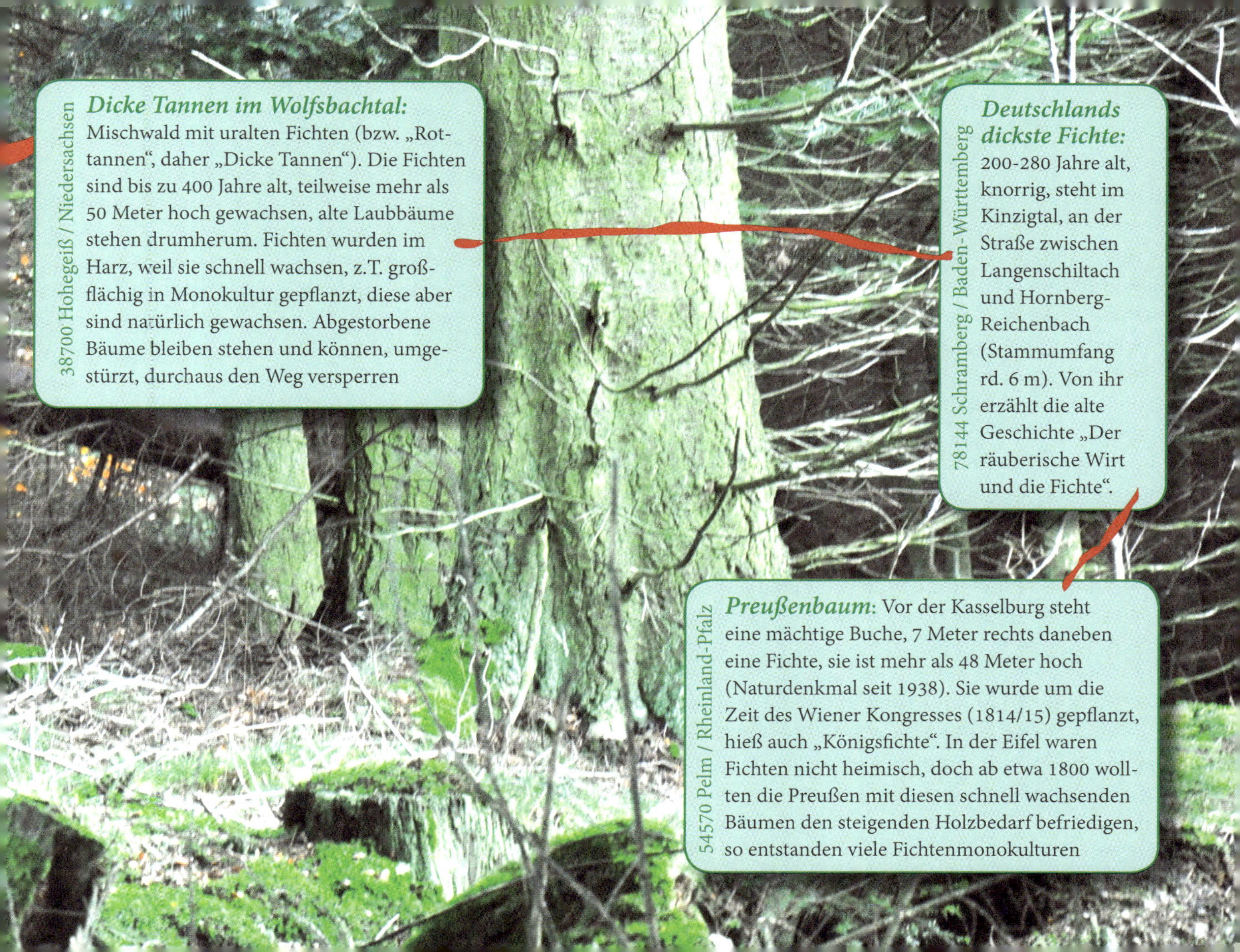

38700 Hohegeiß / Niedersachsen

Dicke Tannen im Wolfsbachtal:
Mischwald mit uralten Fichten (bzw. „Rottannen“, daher „Dicke Tannen“). Die Fichten sind bis zu 400 Jahre alt, teilweise mehr als 50 Meter hoch gewachsen, alte Laubbäume stehen drumherum. Fichten wurden im Harz, weil sie schnell wachsen, z.T. großflächig in Monokultur gepflanzt, diese aber sind natürlich gewachsen. Abgestorbene Bäume bleiben stehen und können, umgestürzt, durchaus den Weg versperren

78144 Schramberg / Baden-Württemberg

Deutschlands dickste Fichte:
200-280 Jahre alt, knorrig, steht im Kinzigtal, an der Straße zwischen Langenschiltach und Hornberg-Reichenbach (Stammumfang rd. 6 m). Von ihr erzählt die alte Geschichte „Der räuberische Wirt und die Fichte“.

54570 Pelm / Rheinland-Pfalz

Preußenbaum: Vor der Kasselburg steht eine mächtige Buche, 7 Meter rechts daneben eine Fichte, sie ist mehr als 48 Meter hoch (Naturdenkmal seit 1938). Sie wurde um die Zeit des Wiener Kongresses (1814/15) gepflanzt, hieß auch „Königsfichte“. In der Eifel waren Fichten nicht heimisch, doch ab etwa 1800 wollten die Preußen mit diesen schnell wachsenden Bäumen den steigenden Holzbedarf befriedigen, so entstanden viele Fichtenmonokulturen

Picea – Die Fichte

Es gibt 40 Fichtenarten, davon wächst die Hälfte in China. In Zentraleuropa natürlich heimisch sind nur die *Gemeine* und die *Serbische Fichte*.

Ein Mischwald aus Buchen, Tannen und Fichten stand hierzulande, bis im Mittelalter der *Holzverbrauch* ins Unermessliche stieg. Ab etwa 1800 erfolgten großflächige Wiederaufforstungen mit schnell wachsenden Fichten. Fichten aber sind anfällig, Umwelteinflüsse und Schädlinge setzen ihnen zu. In den reinen Fichtenwäldern konnte sich der Borkenkäfer gierig bedienen, auch versauerte der Boden durch die vielen trockenen Nadeln am Boden. Als in *Breitenthal (86488 Breitenthal / Bayern)* Anfang des 20. Jahrhunderts ein Fichtenwald komplett einging, stellten Forstleute eine Gedenktafel auf: *„Willst du deinen Wald vernichten, so pflanze nichts als Fichten“*. Man pflanzt daher *Mischwälder*. Dennoch ist die Fichte heute volkswirtschaftlich die bedeutendste Baumart hierzulande. Sie wächst schnell, wächst schön gerade und höher als andere Bäume; bis zu 63 Meter hoch (in Bosnien).

Fichten könnten in Mitteleuropa 600 Jahre alt werden. Doch das Holz ist begehrt, sie werden zumeist nach 70-80 Jahren gefällt, bei etwa 30 Metern Höhe. Eine *Fichte, Old Tjikko in*

Schweden (im Nationalpark Fulufjället), gilt derzeit als ältester Baum der Welt, sie ist 9.550 Jahre alt. Weltweit soll es etwa 20 Fichten geben, die älter sind als 8.000 Jahre.

Die *Nadeln* der Fichte sind stechend spitz. Die *Rinde* zeigt im Alter bräunlichrote Borkenschuppen, das gab der Fichte ihren 2. Namen *Rottanne*. Die *Äste* wachsen waagerecht, angeordnet wie Quirle sozusagen in „Stockwerken". Jedes „Stockwerk" entspricht dem Zuwachs eines Jahres, erster Astquirl nach vier Jahren.

Fichten *blühen* im Mai, erstmals mit 30-60 Jahren. Blüht eine Fichte häufiger als alle 4-7 Jahre, so spürt sie Gefahr, will durch häufiges Blühen das Weiterbestehen ihrer Art sichern. Der Wind weht gelbe Blütenstaub-Wolken der männlichen karminroten Blüten zu den weiblichen Blüten. Es sind der Boden und nahe Teiche gelb gepudert.

Die weiblichen Blüten, nach einem Jahr reif, zeigen sich als braune *Zapfen* (im Oktober). Von den Samen in dem Zapfen, kleinen „Schraubenfliegern", leben Tiere und Pilze. Der Fichtenkreuzschnabel ernährt sich allein von ihnen! Leere Zapfen fallen ab, im Unterschied zu denen der Tanne.

Beeindruckend ist der *Frostschutz* der Fichte. Bei Eiseskälte stellt sie Fotosynthese und Atmung beinahe völlig ein und kann auf diese Art Temperaturen von Minus 60° C überleben!

In alter Zeit …

Fichten als Weihnachtsbäume, erstmals stand eine 1539 im Straßburger Münster. Der Brauch setzte sich durch, als im deutsch-französischen Krieg 1870/71 ***König Wilhelm I. (1797-1888)*** zu Weihnachten Fichten an die Front schickte. Die Soldaten führten dies daheim fort.

Menschen glaubten, die Fichte könne ***Krankheiten*** übernehmen. Vor Tagesanbruch steckte ein Gichtkranker einige Tropfen seines Blutes in den Spalt einer Fichte, verschloss diesen mit Wachs und sprach:

„Guten Morgen, Mutter Fichte,
ich hab reißende Gichte.
Ich hab sie gehabt dieses Jahr,
du sollst sie haben immerdar."

Das Holz war begehrt. ***Berühmte Geigenbauer*** klopften in den Bergen mit ihrer Axt an unzählige Stämme der langsam gewachsenen Bergfichten, um deren Klang zu erspüren.

Wälder aus Fichten – ihnen begegnen wir in ***Märchen***. In einem Fichtenwald trifft Rotkäppchen dem Wolf, verirren sich Hänsel und Gretel, sieht das tapfere Schneiderlein schnarchende Riesen.

Fichten – Praktisch

Als Heilmittel
ist die Fichte seit Alters her geachtet. Hilft bei Bronchitis, auch bei Rheuma, Blasenentzündung, Krampfadern und Frostbeulen.

Bauholz:
Die Stabkirchen in Norwegen sind aus Fichtenholz.
Die vielen Fichten hierzulande reichen nicht, Fichtenholz wird importiert, oft aus Russland.

Aus dem Holz
wird „alles" gemacht: Kochlöffel, Dachbalken, Papier, selbst Schwarzwälder Schinken wird über Fichtenspänen geräuchert.

Den geraden **Stamm** mag die Holzindustrie.
Musikinstrumente (Klavier, Cello u.a.) haben fast immer einen Resonanzboden aus Fichte.

Das Holz
ist weiß-gelblich und weich, deutlich zeigen sich die Jahresringe.
Eine Fichte liefert etwa die doppelte Holzmasse einer Buche! Doch ist Fichtenholz wenig witterungsfest.

Komm, greif dir den Korb;
Wir suchen
Im Wald einen Picknickplatz
Unter sieben hohen Buchen.

Im Schatten
Unter dem Laubdach der Buchen
Ess ich mein Butterbrot
Und du bekommst ein Stück Kuchen!

Die mächtige

Buche

– was sie erzählen kann ...

Der Teufel in der uralten Buche

Es war einmal vor einhundert oder mehr Menschenleben, da schlichen in einer finsteren Nacht zwei Männer durch das Land. Beide hatten vom Teufel die Schwarzkunst erlernt. In dieser finstersten aller finsteren Nächte wollten sie im Auftrag ihres Herrn falsche Grenzsteine setzen und diese mit ihren geheimen Kenntnissen so verwandeln, als würden sie schon ewige Zeit an ihrem Platze stehen. Wie nun der eine hinauf auf den Berg kam, da sah er den anderen dort droben schon stehen. Doch seine Überraschung nicht zeigend, grüßte er den, der zuerst dagewesen war, und fragte diesen: „He, was machst du da?"

Worauf barsch der Gefragte erwiderte: „ Sag mir zuvor, was du hier suchst?"

„Grenzsteine will ich setzen, der Grenzzug muss neu gemacht werden, das befahl mir mein Herr."

„Das hab ich schon getan. So wie die Steine jetzt stehen, so geht die Grenze."

„Mein Herr aber hat gesagt, die Grenze geht, wie ich es weiß."

„Dein Herr – was wird das für ein feiner Monsieur schon sein!"

„Der Teufel ist's! Hast du nun Respekt?"

„Du lügst, denn der Teufel ist mein Herr. Und mein Herr, der Teufel also, hat mir gesagt, ich habe Recht. Pack dich schnell, sonst ...!"

Der Streit ging hin und her, zunächst mit Wor-

ten, auf diese folgten die Fäuste. Beide Männer kämpften stumm und verbissen. Mit einem Mal gab der eine dem anderen eine so heftige Maulschelle, dass dem der Kopf herabflog. Der Kopf begann den Berg hinabzukullern. Da blieb dem Kopflosen nichts anderes übrig, als eilig hinterherzurennen.

Während der Kopflose noch lief, stand unverhofft ein dritter Mann bei dem zweiten. Und dieser Dritte fragte den Zweiten: „Was hast du da gemacht?“
„Was geht’s dich an?“, erwiderte brodelnd der Zweite. „Pack dich oder ich mach es dir gerade so wie jenem.“

Jeder Baum spendet Kraft und Energie. Ich gehe in den Wald und sehe eine uralte Buche ...

Wer eine wichtige Entscheidung für die Zukunft treffen will, ist gut beraten, wenn er zuvor den Rat einer Buche einholt.
Es heißt, die Buche ordnet, schafft Klarheit und weist den vernünftigeren Weg.

„Halunke!“, schrie erbost der dritte zurück. „Erkennst du nicht, dass ich dein Herr bin, der Teufel?“
„Und wenn du zehnmal der Teufel bist!“, wütete der Zweite als Antwort.

Ihr Streit wurde von Wort zu Wort feuriger und sie fingen an zu raufen. Fausthiebe, Schläge und Fußtritte tauschten sie aus mit feuriger Heftigkeit. Mit einem Mal erwischte der Mann den Teufel im Nacken. Eisern hielt er ihn gepackt, schüttelte ihn mit all seiner feurigen Kraft und schrie dazu: „Nun wirst du erfahren, wie es tut, wenn einem der Hals umgedreht wird!“.

Hastig „vergaß“ der Teufel seine Wut und verlegte sich aufs Bitten. Er wolle alles tun, wenn nur sein Hals unversehrt bliebe. Mit vielen schönen Worten redete er auf den feurigen Mann ein. Und der ließ sich tatsächlich erweichen: „Nun gut, du Erbärmlicher, ich werde dich gehen lassen. Doch schwöre zuvor bei deiner Großmutter, dass du dir dein Lebtag von keinem Menschen mehr die Seele verschreiben lassen wirst. Und mir gibst du auf der Stelle meine eigene Seele zurück.“

Der Teufel tat den Schwur mit verbissenem Gesicht, er gab auch dem Mann dessen Seele zurück. Kaum aber war er hernach frei, da tat er einen Riesensatz zurück. Und aus dem sicheren Abstand rief er: „Wenn ich dir, Feuermann, auch deine Seele zurückgab, so versprach ich dir jedoch nicht, dass ich deinen Hals in Ruhe lassen werde!“

Kaum gesprochen, sprang der Teufel blitzartig auf den Mann zu. Dem gelang es gerade noch auf dem Absatz kehrt zu machen, und er verschwand im Wald. Der Teufel aber folgte ihm. In hohem Tempo rasten beide den Berg hinab, und sie kamen ins dichte Unterholz. Im Slalom jagte der Mann zwischen den Bäumen hindurch, der Teufel war ihm dicht auf den Fersen. Doch die Nacht war schwarz und finster. In dieser Düsternis konnte selbst der Teufel sich nur schwer orientieren.

Sie übersprangen liegende Baumstämme und Steine, sie jagten einen Hang hoch und wieder hinunter. Sie rasten durch ein Waldstück mit riesenhohen Bäumen. Dem Mann, der den Teufel dicht hinter sich wusste, pochte wild das Herz. Da sah er mit einem Mal direkt vor sich eine riesige Buche, uralt und hohl. In ihrem Stamm war unten ein Loch. Blitzschnell hatte der Mann das erkannt und rettete sich mit einem Satz in den Baum. Der Teufel stutzte, als der Mann plötzlich nicht mehr zu hören war. Doch da blinkte aus dem Baum, dicht über dem Erdboden, die helle Fußzehe des Mannes. Er bückte sich, er wollte die Zehe packen, aber gerade noch rechtzeitig zog sich der Mann vollends in den Baum hinein. In einem rasendem Tempo begann er in dem hohlen Stamm hinaufzuklettern. Der Teufel aber folgte ihm, in der hohlen Buche begann eine wilde Kletterjagd. Oben verzweigte sich der Stamm. Genau dort stieß der Mann auf

ein weiteres Astloch. Hastig kroch er hinaus, riss Blätter von den Zweigen und verstopfte damit von draußen das Loch. Er versiegelte es mit seinem Zauberwissen auf ewige Zeit und stürzte dann ohne Innezuhalten am Stamm herab. Er verstopfte und verzauberte auch das Loch am Erdboden. Erleichtert aufatmend streckte er sich. Der Teufel steckte unrettbar im Baum fest. Er klopfte ihm einen höhnischen Gruß an den Stamm und ging pfeifend seiner Wege.

Der Teufel konnte fortan in der hohlen Buche nur hinauf und hinab. Wanderer, die über jenen Berg durch den Wald schritten, hörten ihn blöken und grunzen. Und alle erschauerten, sie dachten, es wäre die Buche, die blöken und grunzen würde. Bald traute sich niemand mehr in die Nähe des uralten Baumes. Nach und nach wurden in dem Walde bei ihr alle Bäume gefällt, doch niemand legte an diese Buche die Axt an. So mag es sein, dass sie noch heute an ihrem Platze steht und den Teufel in ihrem Stamme gefangen hält.

Magische Erzählorte

Märchen-Buchen

hierzulande

Dieses Märchen entfaltet bei jeder alten Buche im Wald seinen Zauber. Wer aber hierzulande ein besonderes Buchen-Ambiente sucht, besucht vielleicht den Kellerwald in Hessen mit ausgedehnten Buchenbeständen *(www.naturpark-kellerwald-edersee.de)*. In Norddeutschland gilt der Elm bei Wolfenbüttel als größter und schönster Buchenwald (Teil des Naturparks Elm-Lappwald; *38300 Wolfenbüttel / Niedersachsen; www.elm-lappwald.de)*.

Literarisch erleben lässt sich eine Buche bei Autorin Anna Seghers (1900-83), in ihrer Kurzgeschichte „Die drei Bäume“ (1940) erzählt sie u.a. von einer alten hohlen Buche, in welcher Holzfäller einen Ritter in voller Rüstung fanden.

Buche in Fürstenau:

200-270 Jahre alt (Stammumfang rd. 6,4 m)

01778 Altenberg
Sachsen

Silkebuche bei Groß Schönebeck

180-280 Jahre alt (Stammumfang rd. 6,7 m)

16244 Schorfheide
Brandenburg

Kulthügelbuche in Hohenbüssow:

170-230 Jahre alt (Stammumfang rd. 6,5 m)

17129 Alt-Tellin
Mecklenburg-Vorpommern

Buche in Sage:

200-210 Jahre alt (Stammumfang rd. 6,7 m)

26197 Großenkneten
Niedersachsen

Preißhausbuche:

Im Wald zwischen Johanngeorgenstadt, Breitenbrunn und Rittersgrün zerfiel in den 1970er Jahren eine alte Buche, man pflanzte 1966 eine neue. Eine Gedenktafel erinnert, dass einst hier das „Preißhaus" gestanden hat, das 1832 Schauplatz einer Bluttat war. Damals, als der Staat Sachsen einzeln stehende Häuser in Grenznähe beseitigen ließ, um den heimlichen Grenzhandel zu unterbinden. Einzig die alte Buche hatte an das 1846 abgerissene Haus erinnert, nun tut das ihre junge Nachfolgerin; siehe S. 101

08359 Breitenbrunn/Erzgeb., Anton-Günther-Weg / Sachsen

Kastenbein-Buche:

Zwei beieinander stehende Buchen haben sich oben zu einem gemeinsamen Stamm vereint; wer zwischen beiden Stämmen hindurchgeht, darf sich etwas wünschen. Die Buche steht seit rd. 100 Jahren im Wald „Friedeholz" (zwischen Bundesstraße 6 & Landesstraße 333, nah des „Märchenplatzes" des Künstlers *Detlef F. Voges* (Wald-Weg-Zeichen). Sie heißt nach Förster *Heinrich Kastenbein*, der um 1900 dafür sorgte, dass sie Freiraum bekam

28857 Syke / Niedersachsen

„Die Judenbuche":

Dieses bekannteste Werk von *Annette von Droste-Hülshoff (1797-1848)* handelt von einer Buche im Wald bei Bökendorf. Bei ihr hatte man einen jüdischen Händler tot gefunden. Später wurde der Baum gefällt. – Annette von Droste-Hülshoff war abgebildet auf den Zwanzig-DM-Scheinen. Dann kam der Euro, da pflanzte man in Bökendorf 2002 eine Buche: Ein Gedenkort mit stilisiertem kleinen Baum aus Buchenholz auf einem EURO-Gedenkstein mit einer Überraschung im Inneren

33034 Brakel / Nordrhein-Westfalen

Sichelbacher Hutebuche

auf dem Golfplatz in Kassel-Wilhelmshöhe, 180-280 Jahre alt (Stammumfang rd. 6,6 m)

34131 Kassel,
Ehlener Str. 21
Hessen

Fagus sylvatica – Die Rotbuche

Rotbuche heißt der Baum, den alle Buche nennen – das Holz zeigt eine leicht rötliche Färbung. Buchen mit roten Blättern sind eine Mutation und heißen *Blutbuchen*. Rotbuchen sind hierzulande im Prinzip überall zu finden. Sie waren „Baum des Jahres" 1990.

Zu erkennen ist eine Buche ganz einfach an ihrer glatten *Rinde*. Diese Rinde ist dünn. Sie ist empfindlich gegen Sonnenbrand und braucht daher Schatten. Eine frei stehende Buche ist deshalb bis zum Boden herunter beastet und ihre Laubkrone spendet viel Schatten. Das führt dazu, dass es in Buchenwäldern im Sommer stets angenehm kühl ist. Ihre Fähigkeit, viel *Schatten* zu werfen und zugleich mit wenig Licht auszukommen, macht die Buche zur konkurrenzstärksten Baumart Mitteleuropas. Würden Buchen wachsen können wie sie wachsen, wäre der größte Teil Deutschlands mit Buchen- oder Buchenmischwäldern bedeckt.

Eine Buche wird im Durchschnitt 160 Jahre alt und wächst 30-35 Meter hoch. In Ausnahmefällen kann sie bis zu 350 Jahre alt und 45 Meter hoch werden.

Die *Blätter* der Buche zeigen sich eiförmig. Im Herbst verfärben sie sich bräunlich bis gelbrot, im Winter bleiben sie vertrocknet an den Zweigen hängen und fallen erst im Frühjahr ab.

Dreikantig die Früchte, *Bucheckern*. Reif fallen sie im Herbst auf den Waldboden und sind Nahrung für Vögel, Mäuse und Eichelhäher; Eichhörnchen verschleppen sie in ihre „Vorratskammern". Die Tiere sorgen damit auch für eine Verbreitung der Samen.

Wie wichtig die Buche in Deutschland ist, zeigen auch die mehr als 1.500 *Buche-Ortsnamen* wie Buchholz, Buchthalen, Bucheggberg oder einfach schlicht Buch. Die Eiche ist bei Ortsnamen rund hundertmal seltener vertreten. Auch das Wort „Buch" hat mit der Buche zu tun, es wurden einst – nach Vorbild der römischen Wachstäfelchen – dünne Buchenholztäfelchen beschriftet und zusammengebunden.

Die *Hainbuche* übrigens ist mit der Rotbuche nicht verwandt, auch wenn Name und Blattform uns das vorgaukeln wollen.

Keltisches Baumhoroskop:
„Buche-Geborene" (22.12.) gelten als gestalterische Menschen, doch auch als Materialisten.

In alter Zeit …

Die Germanen weihten die Buche ihrem Donnergott Thor. Bekannt ist der *Gewitter*-Spruch: *„Vor den Eichen sollst du weichen, vor Fichten sollst du flüchten, Weiden sollst du meiden, Buchen aber suchen“*. Das aber ist ein schlechter Rat, kein Baum schützt vor einem Blitz.

Orakel: Man hackte Anfang November mit einer Axt in den Stamm einer Buche. Blieb die Wunde trocken, würde der Winter streng werden.

Man raspelte gutes Buchenholz zu Spänen und fügte die Späne dem Essig zu; *Winzer* färbten und klärten damit ihren Wein.

In Frankreich stopfte man bis ins 19. Jahrhundert *Matratzen* mit getrockneten Buchenblättern. Es hieß, wer auf einer solchen vor dem Einschlafen eine Frage stellt, dem wird im Schlaf die Antwort gegeben.

Etwa bis 1850 nutzte man das Holz der Buche zuvorderst zum Feuer machen. Exzellentes *Feuerholz*, das konnten sich nur wohlhabende Menschen leisten. Weswegen die Pfälzer sagten, wenn sie vermögende Leute meinten: *„Sie brennen Buchenes“*. In England und Schweden legte man Weihnachten einen mächtigen Buchenscheit als „Julblock“ ins Kaminfeuer, streute die Asche nach Weihnachten segenbringend auf die Felder.

Es wurden aus Buchenholz auch *Schulmöbel* hergestellt, auf Grund antiallergischer Stoffe. Weil es aber dem Holz an Fäulnisresistenz und Elastizität mangelt, fertigte man im Mittelalter daraus nur Alltags-Dinge: Melkeimer, Löffel, Schüsseln, Wäscheklammern. Als man dann ab etwa 1900 Buchenholz mittels einer *Imprägnierung aus Teeröl* haltbar machen konnte, baute man aus Buchenholz auch Eisenbahnschwellen.

Bucheckern sind auf Grund ihres Oxalgehalts schwach giftig, mehr als eine Handvoll darf pro Tag nicht verspeist werden. In alter Zeit aber presste man sie zu Speiseöl. Und sie wurden in Zeiten der Nahrungsknappheit, während des 2. Weltkrieges und in der Nachkriegszeit, gesammelt.

Die alte Preißhausbuche

Johann Rockstroh (†1667) aus Johanngeorgenstadt erwarb 1665 ein Waldstück an der böhmischen Grenze. Den Wald ließ er roden, für ein Haus mit Scheune und Stall. Die Poststraße führte an seinem Besitz vorbei, hoffte er auf die Schankkonzession? Doch wurde die Poststraße verlegt. Seine Nachfahren verkauften das Haus, es kam über Umwege an Maria Rosina Preiß, die war 1707 jung Witwe geworden.

Dieses „Preißhaus“ war 1832 Schauplatz einer Bluttat, darüber jemand eine Moritat dichtete.

Damals ließ der Staat Sachsen einzeln stehende Häuser in Grenznähe beseitigen, um den heimlichen Grenzhandel zu unterbinden. 1846 riss man auch das Preißhaus ab, es blieb in der Nähe einzig eine Buche, die an das Haus erinnerte; die Preißhausbuche. Bei ihrer Nachfolgerin stellte man 2006 eine Gedenktafel auf.

Standort siehe S. 97

Buchen - Praktisch

Holz:
Feuchtigkeit erträgt es nicht und ist deshalb - ohne Schutzbehandlung - ungeeignet für die Verwendung im Außenbereich.

Das Holz
zeigt einen warmen rötlichen Ton.
Es ist hart, sehr tragfähig und gut zu bearbeiten.

Das Holz ist ein vielseitiges heimisches Nutzholz, eigentlich kann aus Buchenholz alles produziert werden. Man baut daraus aber besonders gern Möbel!

Das Holz:

Etwa 1830 fand man heraus, dass sich Buchenholz mit Hilfe von überhitztem Wasserdampf biegen lässt. Es begann die industrielle Massenproduktion von Stühlen.

Brennholz:

War sehr wichtig als Brennholzlieferant, besonders in Gewerben wie Metallgewinnung und Glasbläserei, die auf hohe Temperaturen angewiesen waren.

Buchenblätter,

zart und frisch, schmecken sie in einem Salat!

Naturheilkundlich

unbedeutend. Die Rinde junger Triebe soll fiebersenkend wirken, daraus ein Aufguss soll Erkrankungen der Atemwege & Infektionen der Mundschleimhaut lindern.

Heilen:

Ein Umschlag aus den Blättern soll bei Geschwüren kühlen und lindern.
Auch soll mit Hilfe der Blätter eine Zahnfleischentzündung abheilen.

Herr Walnussbaum,
Deine Blätter tuscheln und flattern im Winde,
Sie erzählen Geschichten dem Kinde,
Welches lauscht.

Herr Walnussbaum,
Ich seh sie kaum,
Doch zwischen deinen Blättern
Da schaukeln blattgrüne Nüsse mit Bedacht.

Das Kind berührt sie sacht.

Der einsame Nuss-baum

– was er erzählen kann …

Der Nussbaum beim Auerbacher Schloss

Hoch über dem kleinen Ort Auerbach bei Bensheim an der Bergstraße steht eine uralte Burg, sie wird das Auerbacher Schloss genannt. Bei dieser Burg sollen immense Schätze vergraben liegen. Schätze, die ein Glückspilz für sich gewinnen kann, sofern zuvor geschieht, wovon die alte Sage erzählt:

Einmal wird an einem windigen Tag über dem Auerbacher Schloss ein Rabe fliegen. Er hält im Schnabel eine Nuss. Eine heftige Windböe reißt ihm aber die Nuss aus dem Schnabel, und die Nuss fällt tief hinab in den Hof der alten Burg. Tage und Wochen vergehen, die kleine Nuss liegt still zwischen Bäumen und altem Gemäuer, Füße treten auf sie, drücken sie in das Erdreich. Langsam wachsen ihr Wurzeln und eines Tages streckt winzig ein Baum seine Keimblätter dem Licht entgegen. Vielleicht 50 Jahre vergehen, da ist aus der Nuss ein stolzer Nussbaum gewachsen. Dieser trägt jeden Sommer grüne Blätter und Nüsse, die im Herbst abfallen und dann im Hof der alten Burg liegen.

Noch einmal vergehen gut 50 Jahre, dann wird es geschehen: Ein Mann wird kommen, mit Säge und Axt, und den Baum fällen. Das Holz lässt er ins Tal schaffen, Möbel will er daraus schreinern, auch eine Wiege. Und das ist gut so. Denn der erste Säugling, welcher in der Wiege aus dem Holz dieses Nussbaumes geschaukelt wird, der hat die Gabe, die Schätze bei dem Auerbacher Schloss für sich zu erlangen.

Einmal geschah, was geschehen muss. Da ließ ein Rabe eine Nuss in den Schlosshof fallen und aus der kleinen Nuss wuchs ein mächtiger Nussbaum. Den Baum hatte ein Auerbacher Schreiner fällen lassen, er hatte aus dem Holz auch eine Wiege geschreinert. In dieser Wiege hatte der winzige Hann-Peterle gelegen.

Der Bub wuchs unbekümmert heran. Wie viele, erlebte er manch Abenteuer und sehnte sich nach Reichtum und Glück. Er war ein Jüngling geworden – da träumte ihn eines Nachts Verheißungsvolles. In seinem Traum sah er sich bei dem Auerbacher Schloss, bei dem er schon oft gewesen war, geheimnisvoll vor einer Frau stehen. Gerade beugte sie sich zu ihm hernieder und flüsterte: „Jüngling, komm um die Mittagszeit!“, da erwachte Hann-Peter mit einem tiefen Lächeln.

Doch war dieser Hann-Peter ein zögerlicher Mensch. Seine Neugier ließ ihn erst handeln, als sich der Traum in den folgenden zwei Nächten ganz genau so wiederholte.

Da konnte man an einem sonnigen Herbsttag diesen Hann-Peter um die Mittagsstunde durch den Wald den Berg hinansteigen sehen. Bei dem hölzernen Tor der Burg setzte er ohne innezuhalten seinen Fuß in den Hof. In derselben Sekunde erfolgte ein fürchterlicher Schlag.

„Hui!“, Hann-Peter zog mit großem Erschrecken seinen Fuß zurück. Er wollte fortlaufen, da stand unversehens eine weiße Frau vor ihm. Hann-Peter starrte auf die Erscheinung. Wie wunderschön sie ist, ging es ihm durch den Kopf.

Steif blieb er stehen und starrte. Die weiße Frau begann zu sprechen, sanft klang ihre Stimme: „Lieber Junge, du bist es, der mich erlösen kann. Nur du allein. Und erlöst du mich, so wirst du alle Schätze erlangen, welche bei diesem Schlosse liegen.“

Hann-Peter lauschte atemlos. Die weiße Frau hob nun ihren Arm. Sie wies auf die Burg und fuhr fort in ihrer Rede: „Guter Junge, die Schätze liegen bei jener Burg in ihren tiefen Kellern. Doch höre, es wacht bei ihnen ein feuriger Hund, und neben dem Hund liegt eine alte Rute. Willst du an die Schätze herankommen, so nimm die Rute in beide Hände und schlage mit ihr sacht dem Tier auf's Maul. Es wird dann verschwinden! Ist es fort, so kannst du dir ungehindert von dem Gold, dem Silbergeschmeide und den Edelsteinen nehmen. All das gehört dann dir allein.“

Hann-Peter war unfähig, sich zu regen. Die weiße Frau blickte ihn forschend an und mahnte eindringlich: „Bester Junge, das, was ich dir eben sagte, muss am morgigen Tage geschehen, Morgen um die Mittagsstunde. Doch stehst du morgen wieder vor dieser Burg, so erschrecke nicht. Denn ich, ich werde dir dann in einer anderen Gestalt erscheinen.“

Damit hatte sie alles gesagt. Sie hob ihre Hand,

winkte dem stummen Jüngling freundlich zu und verschwand lautlos.

Hann-Peter indes begann zu träumen. Gold und Edelsteine in vielerlei Farbtönen glitzerten vor seinen Augen, ein prächtiges Schloss würde er sich errichten mit Dienern, Lakaien und einem Garten voller Glück.

Versponnen in seine Träume begab er sich auf den Heimweg. Kaum war er im Wald von Bäu-

Jeder Baum spendet Kraft und Energie. Ich gehe durch das Land und sehe einen Nussbaum ...

Ein Nussbaum vermittelt Klarheit und Willensstärke. Besuch ihn, wenn du zwischen vielen Möglichkeiten hin- und hergerissen bist und dich nicht entscheiden kannst.

men umgeben, da überkamen ihn erste Zweifel. „Soll ich das Abenteuer wagen?“

Mit schweren Gedanken marschierte er den Berg hinab. Dabei wuchs von Schritt zu Schritt seine Entschlossenheit, und als er das Dorf erreicht hatte, da wusste er: „Morgen werde ich mein Glück wagen! So wahr ich Hann-Peter heiße!“

Tatsächlich stand Hann-Peter anderntags punkt 12 Uhr vor dem Tor der alten Burg. Siegesgewiss schaute er sich um. „Gleich bin ich reich!“ und setzte seinen Fuß in den Hof. Wie am Vortag tat es dabei einen heftigen Schlag. Das hatte er genau so erwartet. Unschlüssig blieb er hinter dem Tor stehen. Da sah er bei einem dunklen Gang der Burg eine Bewegung, eine schmale Gestalt schoss hervor. Hann-Peter spähte aufgeregt, sein Herz kopfte. Da – er erkannte eine Schlange, sie trug einen goldenen Schlüssel in ihrem Maul. Zischend schlängelte sie sich durch den Hof, kam direkt auf ihn zu, näherte sich ihm in einem Wahnsinnstempo. „Gleich ist die Schlange bei mir, nur noch eine Schlangenlänge ...“, dachte der Jüngling in Panik. Er bekam es mit der Angst zu tun, gellend begann er zu schreien.

Im selben Augenblick erfolgte erneut ein heftiger Schlag, und fort war das Schlangenwesen, wie von Geisterhand entschwunden.

Hann-Peter schrie weiter aus Leibeskräften. Im Burghof indes war längst schon nichts Furchterregendes mehr zu sehen. Das alte Gemäuer stand friedlich und still, Vögel zwitscherten hell und die Blätter der Bäume raschelten leise im Wind.

Angesichts dieser Idylle ließ Hann-Peter sein Schreien sein. Er wandte sich ab und schlich mit hängendem Kopf den Berg hinab.

Hann-Peter haderte sein Leben lang mit seinem Schicksal. Schlimmer jedoch, daran aber dachte er nie, war es, dass er die Weiße Frau nicht erlöst hatte. Sie muss nun warten, bis wieder ein Rabe kommen wird, der eine Nuss in den Schlosshof fallen lässt, daraus ein stolzer Nussbaum wachsen wird, aus dessen Holz nach langen Jahren eine Wiege geschreinert wird. Und ist der Säugling aus dieser Wiege zu einem Jüngling oder zu einer jungen Dame herangewachsen, so wird dieser junge Mensch vielleicht kühn genug sein, um die Weiße Frau zu befreien. Bis zu diesem Tag jedoch liegen die immensen Schätze weiterhin unberührt in den dunklen Kellern des Auerbacher Schlosses verborgen.

Keltisches Baumhoroskop:
Danach gelten „Nussbaum-Geborene“ (21.4.-30.4. & 24.10.-11.11. bzw. 2.11.) als leidenschaftlich, doch auch als stabile Charaktere.

Märchen-Nussbäume hierzulande

Diese alte Sage entfaltet ihre besondere Zauberkraft bei Auerbach, wo auf einem Berg das Auerbacher Schloss (64625 Bensheim / Hessen) thront. Vielleicht hält man auch unten in Auerbach, im Kurpark Fürstenlager, Ausschau nach einer Bank, von welcher das Schloss zu erblicken ist. Doch bietet jede stimmungsvolle Burg(ruine) mit Bäumen einen faszinierenden Rahmen für diese Geschichte. Ja, es lädt sogar jeder Nussbaum ein, sich bei ihm niederzulassen für diese alte Sage.

Nussbaum in Neukölln:

12055 Berlin, Richardplatz/Karl-Marx-Platz

Steht im Comenius-Garten, welcher dem *Pädagogen Johann Amos Comenius (1592–1670)* gewidmet ist. Dort zeichnet ein Rundgang den Lebensweg eines Menschen nach. Start am Richardplatz, bei einem Nussbaum („Schule des vorgeburtlichen Werdens"; laut des Schulreformers sind äußere Bedingungen so einzurichten, dass dem Einzelnen ein gutes Leben möglich ist)

Alter Nussbaum in Christinendorf:

14959 Trebbin, Dorfstr. 21
Brandenburg

beim Pfarrhaus

Bladersbach:

51545 Waldbröl
Nordrhein-Westfalen

Dort steht der wohl dickste Nussbaum hierzulande auf dem Grundstück von Meinhard Spaunhorst (Stammumfang gut 3,1 m)

Zwei Nssbäume:

54290 Trier
Rheinland-Pfalz

Stehen auf dem jüdischen Friedhof (Weidegasse); einer steht hinter Johanniterufer 1 & einer hinter Krahnenstraße 20

Alter Nussbaum:

56584 Meinborn,
Rheinland-Pfalz

Sandstraße 3

Alter Nussbaum:

56861 Reil,
Am Sportplatz
Rheinland-Pfalz

am Sportplatz

Nussbaum in Kerzenheim:

67304 Eisenberg (Pfalz)
Rheinland-Pfalz

Beim Rosenthalerhof (nördlich der Klosterkirche) wachsen ebenfalls eindrucksvoll Eibe und Linde

Nussbaum beim Röschhof:

I-39011 Lana an der Etsch, Kapuzinerstr. /
Südtirol

Seit 2004 Naturdenkmal aufgrund der gewaltigen Größe. Der Baum soll fast 100 Jahre alt sein.

Juglans regia – Der Nussbaum

Der *Walnussbaum* war „Baum des Jahres“ 2008. Mehrere hundert Arten sind bekannt, darunter eine *Riesenwalnuss* mit Nüssen, die 6-8 cm lang werden. Er kommt aus dem warmen Süden und leidet hierzulande deutlich unter Spätfrösten. Der 25. April ist als „Nussfressertag“ gefürchtet.

In der Regel steht ein Nussbaum allein. Er verträgt sich nicht mit allen; pflanzt man eine Eiche neben ihn, wird die Eiche absterben. Viele Pflanzen halten sich fern von ihm, selbst Insekten meiden ihn. Im Wald kann er wegen seines hohen Lichtbedarfs und seiner weit ausladenden Krone nur mit einem Altersvorsprung gut gedeihen.

Ein Nussbaum wächst 25 Meter, auch 35 Meter hoch. Er wird 130-160 Jahre alt, erreicht in guten Lagen sogar ein *Alter* von 200 Jahren.

Spät, noch nach der Eiche, erscheinen im Frühjahr seine neuen *Blätter*, oft erst im Mai. Im Herbst wirft er sein Laub als einer der ersten Bäume ab. Jedes Blatt besteht aus 5-9 Fiederblättern. Zerreibt man sie, so riechen sie stark würzig.

Die *Rinde* bei jungen Bäumen ist glatt, zeigt sich bei einem alten Baum jedoch tief rissig.

Ging ein Weiblein Nüsse schütteln,
Nüsse schütteln, Nüsse schütteln,
alle Kinder halfen rütteln,
halfen rütteln, rums! ...

Volkslied aus Masuren

In alter Zeit ...

Die *Römer* brachten die Nussbäume nach Mitteleuropa.

Im Altertum empfahl der *Pharmakologe Pedanios Dioskurides (1. Jh.)*, die Walnuss wegen ihrer antiseptischen und wurmtreibenden Wirkung als Gegenmittel gegen Pfeilgift, Hundebisse und Würmer.

Mit der Christianisierung breiteten sich die Bäume aus, man benötigte in den Kirchen Nussöl für die „Ewigen Lichter". *Kaiser Karl der Große (wohl 747-814)* empfahl, „Baumnüsse" (und nicht die Haselnuss) zu pflanzen.

K*opfnüsse* – so nennt man schmerzhafte Schläge auf den Kopf: In alter Zeit wartete man nicht auf das Herabfallen der Nüsse, sondern haute sie mit langen Stecken vom Baum. Bei dieser Erntemethode fielen immer wieder Nüsse auf die Köpfe der Erntehelfer, als schmerzhafte „Kopfnüsse".

Der griechische *Gott Dionysios* gewann die Zuneigung von *Königstochter Karya*; die starb, als ihre eifersüchtigen Schwestern ihre Liebe verrieten. Dionysius verwandelte die Tote in einen Nussbaum. Später errichteten ihr Trauernde einen Tempel, weibliche Figuren aus Nussbaumholz, die „Karyatiden", zierten ihn. Diese finden sich heute bei der Akropolis in Athen, jedoch durch steinerne Figuren ersetzt.

Die Nuss selbst galt als ein Sinnbild der Fruchtbarkeit. Man sagte **Heiratslustigen**: „*Wer die Nuss will, biegt den Zweig um, wer die Tochter will, geht um die Mutter herum*“, und die alten Griechen streuten bei Hochzeiten Walnüsse als Glücksbringer und als Förderer der Fruchtbarkeit unter die Gäste.

Im Mittelalter verlor der Nussbaum seinen guten Ruf. Weil in seiner Nähe kaum etwas wuchs, nannte man ihn einen Unglücksbaum. Es hieß, sein Schatten sei so schädlich, dass er alle anderen Pflanzen zerstören würde. Ein Nickerchen unter ihm könnte tödlich enden. Einzig Landwirte pflanzten den Baum, er vertrieb in der Nähe ihrer Plumpsklos mit seinen würzig riechenden Blättern lästige Mücken und Fliegen.

Im späten Mittelalter verbrannte man trockene Nussblätter, das sollte die Luft von ansteckenden Krankheiten reinigen. Dieser Brauch hielt sich mancherorts bis ins 20. Jahrhundert.

Sprichwörter:
„Nussjahre sind Bubenjahre“
„Gute Nussjahre – gute Weinjahre“
„Regnets am St. Jakobstag (25. Juli), fehlt die Nuss mit einem Schlag“.

Ein ***Weihnachtsorakel*** in Schlesien: alle bekommen nach dem Essen am Heiligen Abend vier Nüsse überreicht. Wer eine „taube Frucht“ bekommt, hat in naher Zukunft Unglück und Missgeschick zu erwarten!

Nussbaum – Praktisch

Kopfholz heißt der knollenartig verdickte untere Teil des Stammes. Daher werden die Bäume in der Regel ausgegraben und dann erst gefällt.

Ökologisch:

Der Nussbaum wächst ohne Pflanzenschutz, die Nusskerne dienen darüber hinaus Vögeln, Eichhörnchen und anderen Nagetieren als Nahrungsquelle.

Früchte:

Ihretwegen lieben wir Walnussbäume vor allem! Bis zu 150 kg Walnüsse reifen in einem Jahr an einem Baum.

Nüsse reifen in grüner Schale. Die platzt im Herbst auf oder wird schwarz. Beim aus der Schale pellen tun Handschuhe gut; andernfalls werden die Hände tagelang braun gefärbt sein.

Aus dem Holz werden vor allem Möbel. Man nimmt es auch für Kolben von Jagdwaffen, für den Bau von Musikinstrumenten, besonders für Klaviere, auch für Drechsler- und Schnitzarbeiten.

Farbe sitzt in der grünen Schale, in der die Nuss reift. Damit färbte man im Amerikanischen Unabhängigkeitskrieg (1775-1783) z.B. die Uniformen braun.

Öl: In jeder Nuss steckt viel Öl, prächtiges Speiseöl. Das Öl, tiefschwarz, wird - da es nicht eintrocknet - auch zu Künstlerölfarben verarbeitet. Es wird allerdings leicht ranzig.

Grüne Nüsse:
Es werden Nüsse mitunter bereits im Sommer (Juni) unreif geerntet, beispielsweise für einen Nusslikör.

Ein Nussbaum stellt ein beträchtliches Vermögen dar; da sind zum einen die Früchte; und das Holz zählt zu dem wertvollsten Nutzholz Mitteleuropas.

Das Holz, hellgrau, rotbraun und schwarzbraun, ist mittelhart und relativ schwer. Es ist nicht witterungsfest, aber durchaus dauerhaft.

Magische Erzählorte

MÄRCHENBÄUME in Deutschland ... nur eine kleine Auswahl

Baden-Württemberg

Bayern

Berlin

Brandenburg

Hamburg

Hessen

Mecklenburg-Vorpommern

Niedersachsen

Nordrhein-Westfalen

Rheinland-Pfalz

Sachsen

Schleswig-Holstein

Thüringen

MÄRCHENBÄUME – weitere Länder

Quellen:

Der Wunderbaum auf der Wiese: nach einem Märchen aus Siebenbürgen
Aus: Josef Haltrich: Sächsische Volksmärchen aus Siebenbürgen. Wien 1882

Der Birnbaum, der niemals auch nur eine einzige Birne hatte tragen wollen
Inspiriert von einem Märchen von Hans Christian Andersen
(„Das Glück kann in einem Holzstöckchen liegen")

Im Garten des Gelehrten
nach dem Chinesischen Volksmärchen „Die Blumenelfen"
Aus: Richard Wilhelm: Chinesische Volksmärchen. Jena 1917

Wie man sich im Walde retten kann
nach einem ukrainischen Märchen

Der Baum in der Hütte
nach einem Märchen aus der Ukraine

Der Teufel in der uralten Buche
nach einer Sage von Ludwig Bechstein („Der Teufel ist los")
Aus: Ludwig Bechstein: Deutsches Märchenbuch. Erstausg. 1847

Der Nussbaum beim Auerbacher Schloss
nach einer alten Sage

Personen:

Keltisches Baumhoroskop

Buche (22.12.): Das Gestalterische

Apfelbaum (23.12.-1.1. & 25.6.-4.7.): Die Liebe

Tanne (2.1.-11.1. & 5.7.-14.7.): Das Geheimnisvolle

Ulme (12.1.-24.1. & 15.7.-25.7.): Die gute Gesinnung

Zypresse (25.1.-3.2. & 26.7.-4.8.): Die Treue

Pappel (4.2.-8.2., 1.5.-14.5. & 5.8.-13.8.): Die Ungewissheit

Zürgelbaum (9.2.-18.2. & 14.8.-23.8.): Die Zuversicht

Kiefer (19.2.-28.2. & 24.8.-2. 9.): Das wählerische Wesen

Weide (1.3.-10.3. & 3.9.-12.9.): Die Melancholie

Linde (11.3.-20.3. & 13.9.-22.9.): Der Zweifel

Eiche (21.3.): Die robuste Natur

Haselstrauch (22.3.-31.3. & 24.9.-3.10.): Das Außergewöhnliche

Eberesche (1.4.-10.4. & 4.10.-13.10.): Das Feingefühl

Ahorn (11.4.-20.4. & 14.10.-23.10.): Die Eigenwilligkeit

Nussbaum (21.4.-30.4. & 24.10.–11.11.): Die Leidenschaft

Kastanie (15.5.-24.5. & 12.11.-21.11.): Die Redlichkeit

Esche (25.5.-3.6. & 22.11.-1.12.): Der Ehrgeiz

Hainbuche (4.6.-13.6. & 2.12.-11.12.): Der gute Geschmack

Feigenbaum (14.6.-23.6. & 12.12.-21.12.): Die Empfindsamkeit

Birke (24.6.): Das Schöpferische

Olivenbaum (23.9.): Die Weisheit

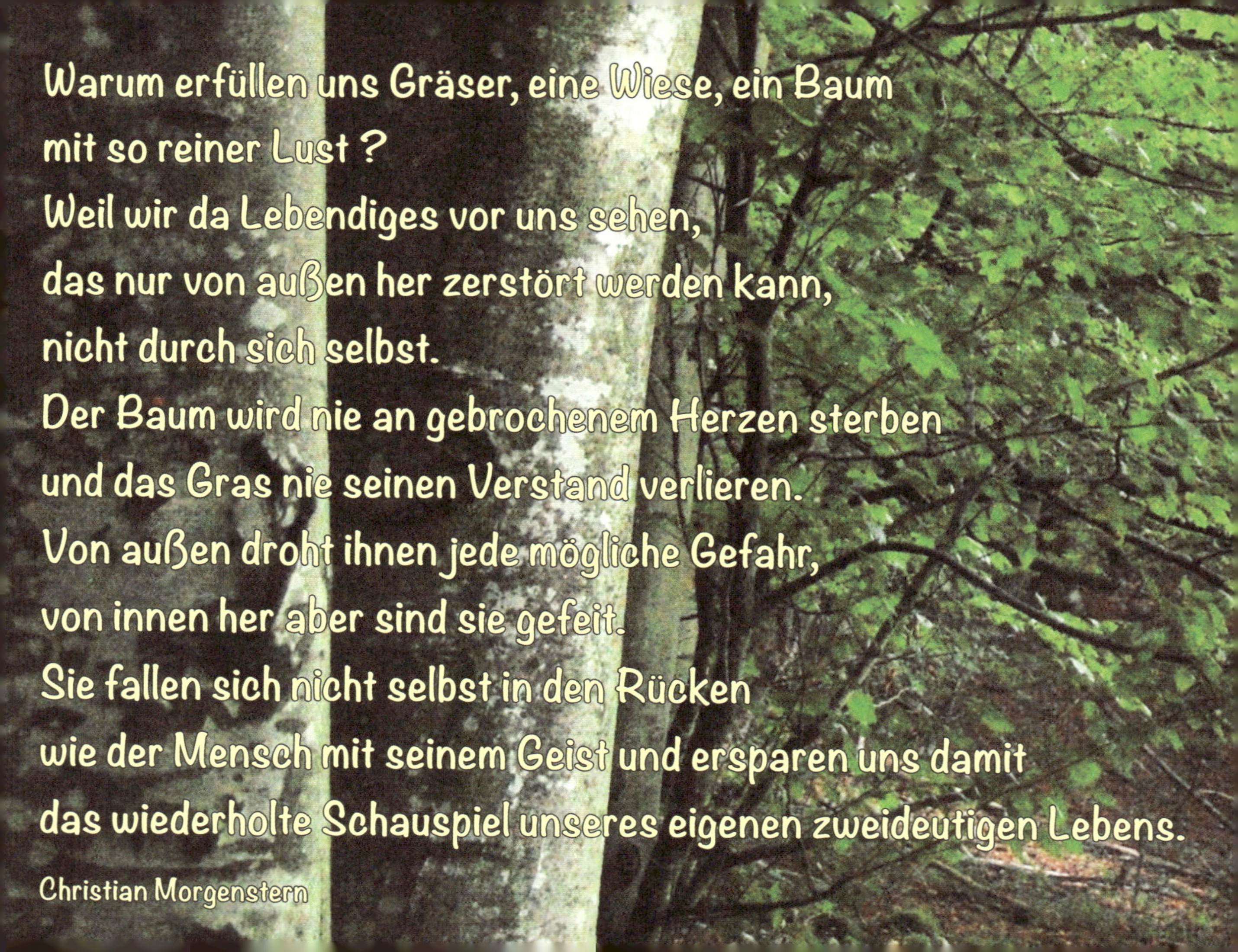

Warum erfüllen uns Gräser, eine Wiese, ein Baum
mit so reiner Lust?
Weil wir da Lebendiges vor uns sehen,
das nur von außen her zerstört werden kann,
nicht durch sich selbst.
Der Baum wird nie an gebrochenem Herzen sterben
und das Gras nie seinen Verstand verlieren.
Von außen droht ihnen jede mögliche Gefahr,
von innen her aber sind sie gefeit.
Sie fallen sich nicht selbst in den Rücken
wie der Mensch mit seinem Geist und ersparen uns damit
das wiederholte Schauspiel unseres eigenen zweideutigen Lebens.

Christian Morgenstern

Lise

Bücher im Hartmut Hillebrand Verlag

Auch an Weinwegen stehen schöne Bäume ...

Kraichgau, schöne Hügellandschaft zwischen Odenwald und Schwarzwald im Weinbaubereich Baden; liebevoll porträtiert, mit vielen Fotos, Geschichten, Wegen und Informationen.

Goetze, Mechthild
Weinwege genießen im Kraichgau
ISBN 978-3-942512-00-8
Geb., 180 S., zahlr. Fotos, Karten
19,5 x 16,2 cm
Preis: 19,80 € (D)

Das Pfälzer Weinland Südliche Weinstraße zeigt die Landschaft von Maikammer bis Frankreich wie ein einziges überwältigendes Rebenmeer. Die Bücher verlocken dazu, zu Fuß, per Rad oder Bus die Weindörfer zu durchstreifen und dabei das ein oder andere Weingut zu entdecken.

Goetze, Mechthild
Weinwege genießen in der Südpfalz. Bd.1.2.
Band 1: ISBN 978-3-942512-01-5
Band 2: ISBN 978-3-942512-02-2
Geb., 180 S., zahlr. Fotos, Karten
19,5 x 16,2 cm
Preis: 19,80 € (D)

Das Verlags-Team

Manfred Urban

Mechthild Goetze

Hartmut Hillebrand

www.weinwege-geniessen.de